怪杰佐罗力与侦探少年 1

原裕/原创

〔日〕岐部昌幸/著

〔日〕花小金井正幸/绘

王俊天/译

北京科学技术出版社

100层童书馆

本书使用说明书

- 本书由七个案件构成
- 所有案件均不属于恶性案件
- 主人公并不是佐罗力
- 主人公是少年侦探米克尔一行人
- 出场人物的对话中隐藏着许多破案线索

本书阅读方法

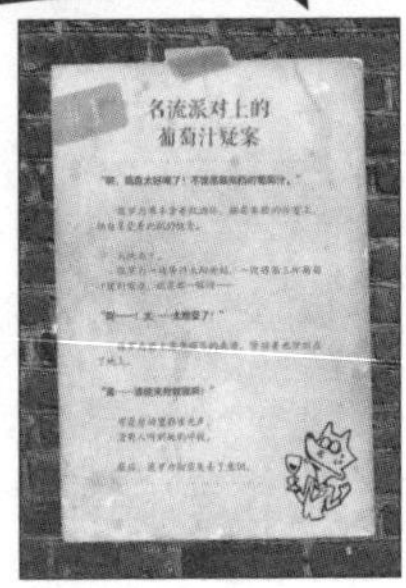

1 前情引入

叙述案件的开端，解谜之旅从这里开始！

2 案发现场

在这里可以确认案发现场的情况及与案件有关的人员。不要错过任何重要的证据哟！

3 找到的线索

米克尔一行人列出的留在案发现场的线索。

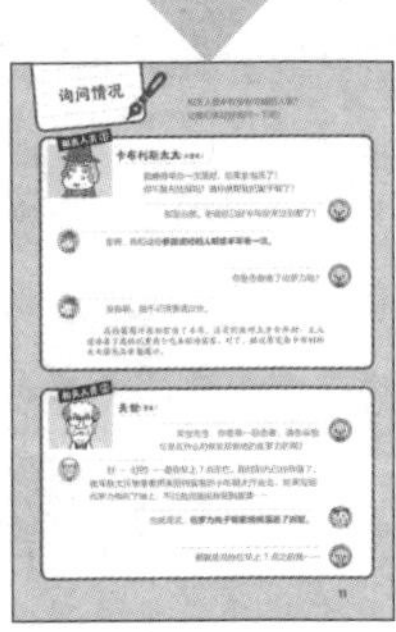

4 询问情况

在这里可以向案件相关人员询问情况，找出破案的关键线索。

5 米克尔的推理

米克尔根据目前掌握的信息开始推理！也请好好阅读“给读者的挑战书”哟！

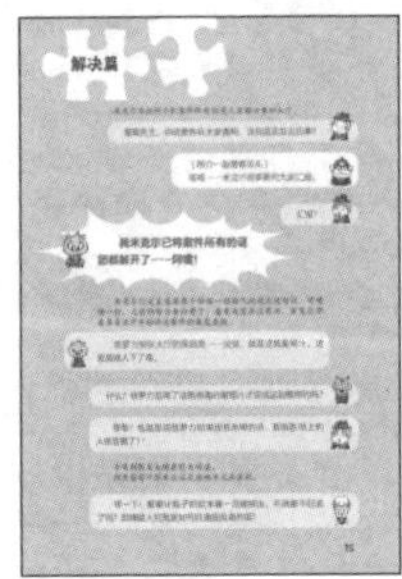

6 解决篇

案件终于要解决了……可佐罗力的举动有些可疑……

本书主要出场人物

怪杰佐罗力

梦想成为“恶作剧之王”的狐狸，正在四处旅行。

刚介

梦想成为刑警的少年。因为外表看上去成熟稳重，在案发现场总被误认为是经验丰富的警察。所以有时候即使刚介没有发问，目击者也会主动提供线索。

米克尔

智商190的天才少年，也是一位名侦探，他和同伴刚介、卡露塔齐心协力解决了很多案件。不过一碰上与佐罗力有关的案件，他的破案节奏就会被打乱，有时破案状态也会变差！米克尔可以通过跳拿手的舞蹈，让大脑全速运转。

卡露塔

喜欢推理、喜欢与人交谈、从不认生的女孩。可以凭借超强的沟通能力，让案件相关人员将其了解的情况和盘托出。直觉敏锐，有时会协助米克尔推理。她出生在一个闲适安宁、远离海洋的地方，喜欢玩纸牌游戏。

目录

#1

名流派对上的葡萄汁疑案

“啊，简直太好喝了！不愧是最高档的葡萄汁。”

佐罗力单手拿着红酒杯，躺在柔软的沙发上，独自享受着此刻的惬意。

天快亮了。

佐罗力一边等待太阳升起，一边将第三杯葡萄汁递到嘴边，就在那一瞬间——

“啊——！太……太难受了！”

佐罗力脸上露出痛苦的表情，紧接着他便倒在了地上。

“谁……谁能来救救我啊！”

可是房间里鸦雀无声。

没有人听到他的呼救。

最后，佐罗力彻底失去了意识。

案发现场

玄关处摆着一把样式别致的伞，不过似乎已经坏了。

烈日当空，天气如夏天般炎热。

倒在地上的佐罗力身着晚礼服。

一瓶贮存了百年的高档葡萄汁。它的价值相当于一辆高档轿车。

这里是卡布利斯太太的别墅。今天是半年一度的派对日。

一块经过熏制的上等熏肉，散发着特别的气味。

一个从瓶子上取下的软木塞，已经膨胀了。

案件相关人员

卡布利斯太太

（大富翁）

身穿高档连衣裙，戴着闪闪发光的宝石首饰的名流。每半年会在别墅宴请一次好友，彼时她会拿出珍藏的高档葡萄汁来款待宾客。

关世

（管家）

工作能力很强的管家，全权负责每半年一次的派对。是今天最先抵达别墅的人，一直在为派对备餐。

潘绝

（律师）

曾帮助卡布利斯太太解决过很多起纠纷的律师。有着冷酷无情的一面，为打赢官司可以不择手段。

智久竹

（医生）

卡布利斯太太的主治医师。卡布利斯太太讨厌医生，智久竹是为数不多的能让卡布利斯太太信任的人。在所有参加派对的人中，智久竹住得离别墅最远。

—— 天气 晴☀/气温 25℃　卡布利斯太太的别墅前 ——

米克尔，你来得也太晚了吧。名侦探总是姗姗来迟的时代早就过去啦。

呼哧呼哧……没人告诉过我要来这样的深山里。这简直就是来爬山的。

呼哧呼哧……我……**我已经汗流浃背了。**

名侦探明明应该保持酷酷的形象的。

炎炎烈日下，名侦探米克尔终于赶到现场。他擦着大颗的汗珠，正想询问案件……

阿……阿……阿嚏！

天啊，米克尔，你感冒了？你出这么多汗，流这么多鼻涕，体内会缺水吧？你经历了什么？

昨天天气预报说“降雨率为50%”，我就赌了一把，出门没带雨伞，结果被淋成了落汤鸡。

啊，昨天雨下得很大啊！那种瓢泼大雨，即使带了伞，伞也会被弄坏的。

“降雨率为50%”，你不觉得天气预报的这种讲法太狡猾了吗？这样一来，无论下不下雨，都不算错……

专业人士就应该像我一样严谨……阿……阿嚏！

别嘟囔个不停了，这个给你，你把它缠在脖子上。

这个是……大葱？咦？缠大葱干什么？

我奶奶说感冒的时候在脖子上缠上大葱好得快！别担心，这是我今天早上刚从田里摘的，很新鲜呢。

我并不在意它是否新鲜……
我只想知道它真的能治好感冒吗？

能不能治好呢……嗯，概率为 50% 吧。

啊，太狡猾了！

米克尔一边和卡露塔抱怨，一边将大葱缠在脖子上。
这时名侦探米克尔的第二位搭档——刚介出现了。

哎哟哟，米克尔，你戴的围巾真时髦啊！不错啊！

时髦？就我围的这个东西？

米克尔再次感受到这个世界上的人确实价值观各异。

别说这些了，我们快去案发现场吧。
这次我也掌握了很多线索呢。

刚介看上去稳重威严，和米克尔不像是同龄人。因此，刚介去案发现场的时候，常常会被误认为是“老警察”。

不过这对米克尔来说倒是好处多多。

刚介，有你在真是太好了，调查一定会进行得很顺利。毕竟我们只是学生，做事情难免会受到这样那样的限制。

我先确认一下，此次案件的受害者……
是**佐罗力没错吧**?

就是他，今天早晨有人发现他倒在了地板上。

真没想到**这种事会发生在佐罗力身上**……我们一定要尽快抓住嫌疑人。

佐罗力……包在我身上吧。我名侦探米克尔一定会查明真相，找出嫌疑人。

你有多少信心?

我破案的概率当然是……100%。

米克尔自信满满地承诺，然后步伐轻盈地赶往案发现场。

有谜案的地方就有佐罗力。少年侦探米克尔究竟能否破解谜案、顺利找出嫌疑人?

找到的线索

让我们跟随名侦探米克尔一起看看案件的线索吧！

线索 1 别墅

如此豪华的别墅，却只用于举办半年一次的派对，太浪费了。

别墅就是偶尔来一次的地方。如果长期居住在这种深山里，可太不方便了。

线索 2 佐罗力

第一个发现佐罗力的人是关世管家，听说今早他一进门就看见佐罗力倒在地上。从佐罗力的表情来看，他一定很痛苦吧。

嗯？佐罗力的口袋里有什么东西？是派对的邀请函吗？

线索 3 葡萄汁

这瓶高档葡萄汁本是派对上供宾客饮用的，不过好像已经被谁擅自喝过了，还配了下酒菜。

这瓶葡萄汁怎么看都像是佐罗力喝的。喝完后，他就变成了现在这副样子……啊！该不会是葡萄汁里有……

线索 4 软木塞

这是葡萄汁瓶上的软木塞。明明瓶子里还剩了一些葡萄汁，软木塞却被放在一旁。

软木塞一旦被取下来就会膨胀，再也塞不回去了。

线索 5 强烈的阳光

今天怎么这么热？明明昨天还下了大雨，特别冷呢。

大雨好像是黎明时分停的。如果案件发生在昨天，大家都会被淋湿吧。

线索 6 玄关处的伞

玄关处有一把设计时尚的伞。咦？上面写了名字。

伞上写着“智久竹”，仔细观察可以发现伞骨已经折了。

询问情况

相关人员中有没有可疑的人呢？
让我们来好好询问一下吧！

相关人员①

卡布利斯太太（大富翁）

我难得举办一次派对，结果全泡汤了！
你不是名侦探吗？请尽快帮我把案子破了！

那是当然。听说你已经半年没来过别墅了？

是啊，我和这些**参加派对的人都是半年来一次。**

你是否邀请了佐罗力呢？

没有啊，我不记得邀请过他。

高档葡萄汁在别墅放了半年，这次的派对上才开封；主人还准备了高档的熏肉小吃来招待宾客。对了，据说原定由卡布利斯太太最先品尝葡萄汁。

相关人员②

关世（管家）

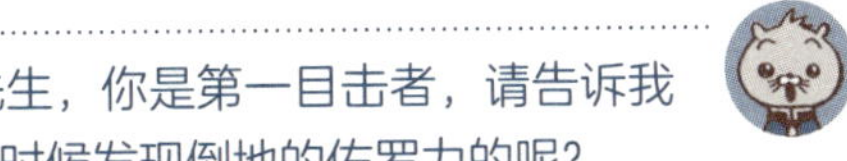

关世先生，你是第一目击者，请告诉我你是在什么时候发现倒地的佐罗力的呢？

好……好的……是在早上 7 点左右。那时阳光已经很强了，我浑身大汗地拿着用来招待宾客的小吃朝大厅走去，结果发现佐罗力倒在了地上，不过他应该没有受到邀请……

也就是说，**佐罗力先于管家悄悄溜进了别墅。**

那就是说，他在早上 7 点之前就……

相关人员③

潘绝（律师）

找我吗？这里每次举办派对我都会来。不过，我不喜欢葡萄汁，从来不喝。

咦？从来不喝？这可是你的重要客户——卡布利斯太太盛情款待的葡萄汁呀。

哼，警察先生，不要说这么孩子气的话。

（心中一惊）孩子气？我可不是小孩！

我和卡布利斯太太之间终究只是工作上的往来，喝什么完全是我的自由。总的来说，**熏肉、甜果汁这类东西我都不喜欢**，因为我是养生一族。

相关人员④

智久竹（医生）

我家离别墅很远，所以刚刚才到。我完全不知道这里发生了什么……

听说你是卡布利斯太太的主治医师？

没错，不过**卡布利斯太太不喜欢去医院，也不喜欢打针、吃药**，真是个让医生头疼的病人。

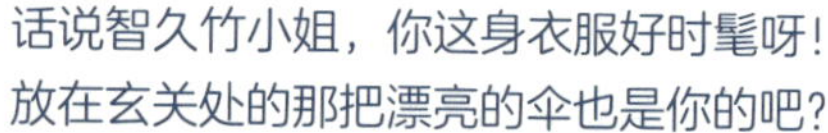

话说智久竹小姐，你这身衣服好时髦呀！放在玄关处的那把漂亮的伞也是你的吧？

呃，是的……今天太热了，**我就打着遮阳伞过来了。**

智久竹从家里出发后，要花五个小时才能到达别墅，她是所有相关人员中到得最晚的。据说此前有次卡布利斯太太在派对上身体不适，当时就是智久竹从旁照顾的。好像就是从那以后，她每次来都带着注射器和药。

推理 开始 ▶▶

米克尔的推理

在推理时跳舞能让米克尔的头脑全速运转！

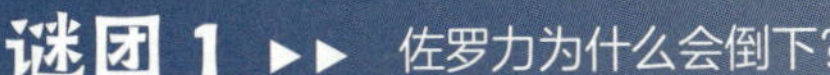

谜团 1 ▶▶ 佐罗力为什么会倒下？

在倒地的佐罗力旁边的桌子上，有一瓶开启的葡萄汁和一个红酒杯，杯子里还有没喝完的葡萄汁。

也就是说，**果汁里很可能被下了毒**？

葡萄汁瓶的软木塞 ◀◀ 谜团 2

软木塞一旦被拔下来就会膨胀，再也塞不回去了。倘若那瓶葡萄汁最初就是敞着口的，即使是粗心的佐罗力也会觉得不对劲吧。

这样说来，**毒药是在瓶子塞着软木塞的情况下被放进去的**？这究竟是怎么办到的？

谜团 3 ▶▶ 玄关处坏掉的伞

玄关处的伞是智久竹的，可是为什么坏了呢？今天**阳光灿烂，风也很和煦。**智久竹没道理拿着一把坏掉的伞出门啊，也就是说……

我米克尔一定会找出案件的真相！！

看我的！

给读者的挑战书

葡萄汁里可能混入了异物。

究竟是谁，如何在没取下软木塞的前提下，将异物放进瓶子的呢？

还有，佐罗力为什么会倒下？

你能解开这些谜团吗？

真相将在“解决篇”中揭晓

解决篇

米克尔委托刚介把案件所有相关人员都召集到大厅。

警察先生，你说要告诉大家真相，这到底是怎么回事？

（刚介一副警察派头）

喀喀……米克尔有事要向大家汇报。

汇报？

我米克尔已将案件所有的谜团都解开了……阿嚏！

米克尔打定主意要像个侦探一样帅气地说出这句话，可喷嚏一打，之前的努力全白费了。看来大葱并没有用，米克尔带着鼻音正式开始讲述案件的来龙去脉。

佐罗力倒在大厅的原因是……没错，就是这瓶葡萄汁。这里面被人下了毒。

什么？佐罗力是喝了这瓶有毒的葡萄汁才变成这副模样的吗？

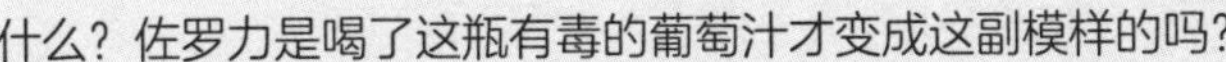

等等！也就是说佐罗力如果没有先喝的话，那倒在地上的人就是我了？！

卡布利斯太太绷着脸大喊道。

因为葡萄汁原本应该是由她率先品尝的。

等一下！葡萄汁瓶子的软木塞一旦被拔出，不就塞不回去了吗？那嫌疑人究竟是如何往里面投毒的呢？

很简单，嫌疑人并没有拔下软木塞，就能把毒放进去。

怎……怎么会！这是怎么办到的？

你们之中只有一个人能做到，只要借助她**工作时的专用工具**就能实现。

随后，米克尔伸手指向嫌疑人。

嫌疑人就是——智久竹

！

听到嫌疑人的名字，大家都意外得说不出话来。
智久竹愣了一下，随即一脸疑惑地反驳米克尔。

等……等一下！我为什么要做那种事啊！
再说了，我要如何往没有开封的葡萄汁里下毒呢？
我又不是魔术师，怎么可能做到……

你能办到，就用你工作时经常用到的工具就可以了。

啊！你指的该不会是**注射器**吧？使用注射器的话，就能在不拔掉软木塞的情况下将毒注入瓶子里了！

可以帮我确认一下吗？
软木塞上应该有一个小孔。

刚介捡起掉落的软木塞，仔细地查看，上面确实有个小孔。
小孔的样子正像注射后留下的孔。

没……没想到你居然对我……下毒？
你身为医生……怎么能做这种事……

慢着！我是最后一个到达别墅的人啊！我抵达这里的时候，佐罗力已经倒下了，所有人也都到场了。

确实，智久竹如果要往葡萄汁里投毒，就必须比包括佐罗力在内的所有人更早到达别墅。

但智久竹是最后一个到的。

从她家到别墅要花五个小时。

你是有机会投毒的，证据嘛……就是那把伞。

伞？这把**坏了的伞**又能说明什么呢？

刚介一副警察的样子问米克尔。

这把伞是智久竹小姐的。

她说这是一把遮阳伞，但为什么会坏掉呢？

答案很简单……因为**她并非今天抵达别墅的，而是昨天就来了**。没错，就是下大暴雨、狂风大作的昨天。

因为风力太强，伞才被吹坏了。

昨天？也就是说，她是第一个进来的！

啊，这个……

智久竹无法反驳。

她从家到别墅要花费五个小时。

为了实施计划，她昨天晚上就来到了别墅。

智久竹用注射器在葡萄汁里做了手脚后便躲了起来。

第二天，她又摆出一副什么都不知道的样子出现在众人面前。

但粗心的她将那把被暴风雨弄坏的伞忘在了门口……

智久竹，你告诉我，为什么想杀我？

卡布利斯太太，请不要误会！
我根本没打算杀害你啊！

可你不是已经承认往葡萄汁里下毒了吗？
这明明就是犯罪行为！

我往瓶子里注射的……是**药**啊！
太太，无论我怎么劝说，你都不肯吃药，所以我只好……

啊？药？！

事情变化得太快，米克尔大吃一惊。

一个是平时只肯吃山珍海味的卡布利斯太太，一个是忧心对方这么下去会生病的智久竹医生。

无论智久竹医生怎么劝说，卡布利斯太太都不肯吃药。

智久竹便制订了这个将药混进葡萄汁里的计划。

潘绝先生又不喝葡萄汁，而且这个药本来也是安全的，其他人就算喝了葡萄汁也不会有任何问题。

什……什么？！
我推理错了吗？！
那佐罗力为什么会变成那副样子？

就在这时，一个巨大的声音响彻大厅。

“噗，噗，噗！”

啊！痛快了！！刚刚肚子疼到我以为自己要死了呢！真是的，居然让我吃这种东西！

佐……佐罗力？！你还活着啊？！
你刚才说“**让我吃这种东西**”，你倒下的原因该不会是……

让佐罗力倒地的，原来是“熏肉”。饿着肚子的佐罗力在这座半年没人来过的别墅里四处搜罗食物，终于找到了熏肉。但因为是半年前的东西，肉已经腐坏了。

原来那肉的味道不是熏制味，而是腐坏的味道啊！我真不该捡起那封不知被谁丢掉的邀请函！那么诸位，我先告辞了！

你……你引起了这么大的轰动……阿嚏！

就这样，案件算是勉强顺利解决了。
听说此次案件之后，卡布利斯太太就开始认真吃药了。

佐罗力之所以会出现在别墅，好像是因为偶然捡到了派对的邀请函，想偷偷地混进来。可是他似乎搞错了时间，将开始时间的“下午 1 点”当成了“凌晨 1 点”。

案件发生前的时间线

昨天晚上	智久竹冒着大雨来到别墅（将药注入葡萄汁中）
凌晨 1 点	佐罗力来到别墅 （发现了葡萄汁）（大口吃起半年前的熏肉）
凌晨 5 点左右	伴随着太阳升起，佐罗力痛苦倒地
早上 7 点	管家来到别墅 （发现了倒地的佐罗力）

所以是佐罗力这家伙，看谁都没来，就自己先大吃了一顿。结果闹了个大笑话。

不过，好在他还活得好好的。

佐罗力是穿着适合参加派对的正装来的，而且他还很守时，我觉得佐罗力不是坏人。

我觉得在公众面前放出惊天大屁的家伙都不是什么好人。
阿……阿……阿嚏！！

名流派对上的葡萄汁疑案 结案

#2

令人落泪的大份炒饭

“快……快叫救护车！”

一家以分量大而闻名的餐馆里出现了骚乱。

两位顾客吃过餐馆里的招牌炒饭后相继倒地。

其中一位是常来餐馆里吃饭的男性客人，另一位是……每次出现都会引起混乱的——佐罗力。

当时电视台的人正在餐馆里录制人气美食节目，现场一片混乱。

偶然到店的米克尔一行人接下了调查此次案件的任务。

究竟这两人为什么会先后倒下呢？

是食物中毒，还是另有原因呢？

案发现场

十分钟内吃完大份炒饭，可获得一百万元奖金

快来挑战吧！

※ 这只是正常分量哟

如果能在十分钟内吃完这款超受欢迎的大份炒饭，即可获得一百万元*的奖金。如果挑战失败，则需支付一万元作为惩罚。

此刻电视台正在录制热门美食节目《与辣妹常子一起畅吃超大份美食》。

只有佐罗力的盘中剩了很多炒饭。

桌上放着一板银色包装的胶囊。

佐罗力倒在靠里的位置，餐馆老主顾倒在他旁边。

案件相关人员

辣妹常子

（美食节目主持人）

因参加美食节目主持人选拔赛而被公众关注，并由此走红。她来到这家餐馆是为了录制热门美食节目。

乐舍

（餐馆老板）

经营这家餐馆已有三十五年之久。乐舍起初只是想给常来的顾客多盛点儿，结果盛得越来越多，最后他的餐馆变成了一个以量大而闻名的美食店。

常临

（餐馆老主顾）

从学生时期开始就常来这家餐馆吃饭，至今已有三十五年了。常临每次来都会点炒饭，今天是他时隔很久之后再次光顾。

* 本书中的“元”均指日元。

米克尔，电视台的人已经叫救护车了，但路上堵车，可能还要等一段时间才能过来。

我刚查看了受害人的情况，幸好他们没有生命危险。有一个受害者的案件调查起来就够麻烦了，这次居然有两个……其中一个居然又是佐罗力。

炒饭量大点儿是好事，但谜团的量就不要这么大了。

嗯？为什么说是“谜团”？不是食物中毒吗？

若是**食物中毒**的话，不可能一吃下去就昏迷，**发作是需要时间的**。也就是说，这……

啊……我……我也不行了。

就在这疑云密布之际，刚介感到一阵头晕目眩，接着便倒在了地上。

哎呀！刚介，你怎么了？要是连你都倒下的话，这起“大份案件”就要变成“超大份案件”了！

刚介吃力地开了口，将自己倒下的原因告诉了他的伙伴们。

其……其实……是我为了参加那个挑战，从前天开始就什么都没吃……

是那个“**吃炒饭赢一百万元**”的挑战吗？
在填饱肚子的同时，还能获得金钱……
原来如此，我就从来不会打这种贪心的算盘。

米克尔边说边将手伸向刚介，想拉他站起来，结果下一秒米克尔的肚子就发出了巨大的声响，响声在餐馆里久久回荡。

（咕噜噜——）

天哪！声音这么大，你饿的程度可不输刚介呀！

哎呀，米克尔，你刚刚还在装酷说漂亮话呢，结果还不是和我一样空着肚子来的嘛！

是的，尽管米克尔竭力掩饰，但他为了今天的挑战，同样从前天起就什么也没吃了。

哎呀，没事！不要不好意思嘛，我们一起去参加挑战吧！

哦……既然如此，那就让你们看看我的本事，无论是案件的真相，还是奖金，都将是我米克尔的囊中之物。

米克尔一边祈祷救护车快点儿赶到，一边着手研究起此次案件。

找到的线索

让我们跟随名侦探米克尔一起看看案件的线索吧！

线索 1 两个倒地的人

听说常临和佐罗力都吃了店里的招牌炒饭。

按常理推算，炒饭应该是他们倒下的原因，但看他们的症状不像是食物中毒。

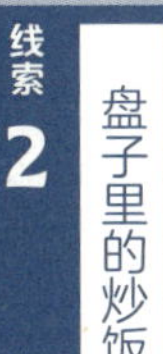

线索 2 盘子里的炒饭

佐罗力的炒饭还剩下不少呢！（咕噜噜——）啊，肚子好饿……

常临吃得很干净。（咕噜噜——）啊……肚子啊，你可别叫了。

线索 3 大份炒饭

如果能在十分钟内吃完大份炒饭，将获得一百万元的奖金；挑战失败的话……要交一万元的罚款？
我在家要收拾一千次浴缸才能挣到这么多零花钱，罚得太多了吧。

活动好像是应顾客的要求开始的。不过听说他们家日常的炒饭分量就是这么大。让顾客享受实惠的精神值得称赞，但要在十分钟之内吃掉这么大份的炒饭，对顾客来说可真是个大挑战。

线索 4 常临

据说他从二十岁起就光顾这家店了，而且每次点的都是炒饭。

他今年五十五岁了！这些年来，不论是常临的外貌，还是炒饭的外观，都发生了不小的变化。

线索 5 银色包装的胶囊

这是什么？难道是……毒胶囊？！

确实，如果是吃了毒药，那么食用者可能会比食物中毒更快倒下。

相关人员中有没有可疑的人呢？
让我们来好好询问一下吧！

辣妹常子（美食节目主持人）

当时我吓了一大跳呢。那会儿我们正在录制节目，突然，从餐桌那边传来了巨大的响声，那两个人就倒下了……

他们是同一时间倒下的吗？

嗯……我想想，好像是常临先倒下，紧接着佐罗力才倒下的。

嗯？存在**时间间隔**啊，你还注意到了其他什么异常情况吗？

对了，我注意到在他们倒地之前，乐舍老板好像和常临有过争执。

咦？餐馆老板和光顾了三十五年的常临先生吵架了？看来即便关系再好，偶尔也会发生冲突……这就是男人之间的相处模式吗？

我……我不喜欢在吃饭的时候和别人吵架……（咕噜噜——）

哎呀，警察先生，你肚子叫得这么厉害，不要紧吧？
哦！对了！**也许节目的摄影师拍下了当时的情况呢！**

我马上去确认一下……（咕噜噜——）

咦？侦探先生也饿了？

新线索

摄影师

米克尔让摄影师给他看了当时的录像。

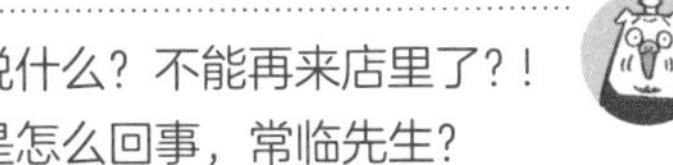

你说什么？不能再来店里了？！这是怎么回事，常临先生？

录像里完整地记录了乐舍老板对常临大喊大叫的样子，可是……

与其说是两人发生了争执，倒不如说是常临的话让乐舍老板大吃一惊。

一旁的佐罗力是怎么回事？**他正一边留意着时间，一边拼命往嘴里塞炒饭。**

不一会儿，乐舍老板就把炒饭端到了常临面前。

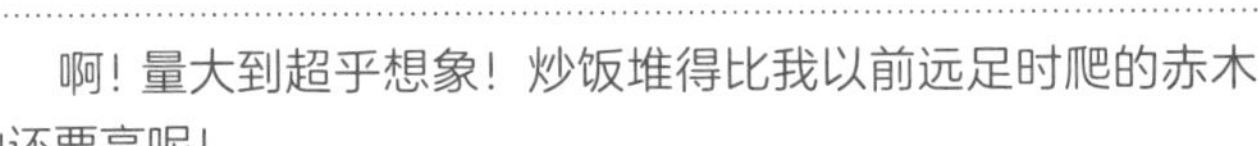

啊！量大到超乎想象！炒饭堆得比我以前远足时爬的赤木山还要高呢！

（咕——咕噜——）赤木山……那是什么……好吃吗……

刚介饿过头了，脑子都饿坏了！赶快破案吧，好让他尽快吃上大份炒饭！

哎！把录像暂停一下。常临正悄悄**从包里拿出什么东西呢。**

那是胶囊吧？！

原来柜台上的银色包装的胶囊是常临的。

他在吃饭前吃了这个药……那就是说……

相关人员②

乐舍（餐馆老板）

啊？你说我和常临吵架了？
你在说什么胡话，我们可有三十五年的交情啊！

辣妹常子说她亲眼看到了。

那会儿我只是太惊讶了，所以不由自主地提高了音量。因为常临说了“**不能再来店里了**”这种令人伤心的话。

据餐馆老板所说，常临从二十岁起就经常来乐舍餐馆，每次都把炒饭吃得一干二净。今天常临来到店里，一脸落寞地向餐馆老板告别。

常临年轻时的食量就很大，因此他每次来，我都会多给他盛点儿。**不知不觉，我的餐馆就以量大而闻名了。**现在店里生意这么好都是托常临的福啊！……在我的餐馆里，是绝对不会发生食物中毒这种事的，更别说下毒了！

顺便问一句，你对倒在常临旁边的佐罗力有印象吗？

佐罗力？他是第一次来这儿吃饭，我对他不太了解！别问这些了，救护车还没到吗？我的好朋友常临还在地上躺着呢！

相关人员③

常临（餐馆老主顾）

米克尔跑到失去意识的常临身边。

常临先生，救护车好像在路上耽搁了，请再忍耐一下。实在不好意思，请允许我检查一下你包里的东西。

米克尔在常临的包里发现了白色的药袋。

果然……常临这阵子在**服药**。

推理 开始 ▶▶

米克尔的推理 

在推理时跳舞能让米克尔的头脑全速运转！

谜团 1 ▶▶ 在包里发现的药袋

药袋里是药……
药必须得在常临**开始吃饭的前一刻服用。**
常临倒地是否和他自身的疾病有关呢？
既然生病了就不要外出了，在家休息多好。

为什么常临说这是他最后一次来店里呢？ ◀◀ 谜团 2

连续三十五年一直光顾餐馆的老主顾突然说不来了……难怪乐舍老板那么惊讶。不过一般情况下，如果顾客不想再去某个店了，也不必告知老板，直接不去就可以了。常临**明明知道他这样做会让老板情绪激动，为什么还要特意前来告知呢**？

谜团 3 ▶▶ 两个人几乎同时倒下的原因

在倒下的两个人中，常临吃完了炒饭，佐罗力却剩了很多。
而且据说**常临倒下的时间略微早于佐罗力。**
这应该也是破案的关键。

我米克尔一定会找出案件的真相！！

看我的！

给读者的挑战书

常临和佐罗力究竟为何倒地？

常临又为什么要在饭前服药呢？

聪明的读者们一定也发现了此次案件并不是食物中毒吧。

你能解开所有的谜团吗？

真相将在“解决篇”中揭晓

解决篇

救护车马上就到了。不过在那之前，让我们先将案件中所有谜团的答案公之于众吧！

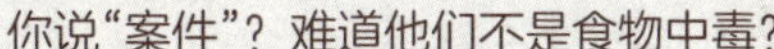

你说“案件”？难道他们不是食物中毒？

没错，是**有人故意作案。**

电视台美食节目的摄像机开始拍摄米克尔的推理过程。米克尔略显紧张地继续讲述着他的推理。

嗒嗒，在说出嫌疑人的名字之前，我可以先问你一个问题吗，乐舍老板？

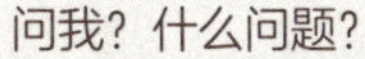

问我？什么问题？

你有常临年轻时来餐馆吃饭的照片吗？

当然有啦！我还很珍惜地把照片挂起来了呢，你看！

相框里的照片是在乐舍餐馆还没因分量大而出名时照的，照片上的乐舍和常临还是年轻时的模样。

两个人都笑得很开心啊！

是啊，连我都感受到了幸福！不过**那时候炒饭的量**还不算特别大，满足不了我！

没错！“炒饭的量”正是此案的关键。

那个……摄像机可以朝那边转吗？喀喀……

接着，米克尔对着镜头摆好姿势，伸手指向“嫌疑人”。

嫌疑人就是乐舍  ！

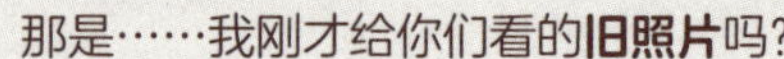

什……什么？开什么玩笑！我为什么要害常临？你这家伙算什么侦探啊！如果你再胡说，我就生气了。

乐舍万万没想到，自己竟然被米克尔当成了凶手，他怒火中烧，仿佛在说“我这就把你撵出去”。

当然，你自己可能还没有意识到这一点。不过从结果来看，就是你将常临逼到了这一步。这就是证据。

那是……我刚才给你们看的**旧照片**吗？

注意看这里！炒饭！

以前还是正常的量。

请大家把照片上的炒饭和今天的炒饭对比一下。

差别太大了吧！

二者的差距不言而喻，一个像是小孩在沙滩上堆的小山，另一个简直堪比日本的最高山——富士山。

乐舍先生，你一直非常珍惜老客户，会给常年光顾的客人一点点增加分量，于是你的餐馆渐渐因量大而闻名。

多盛点儿饭有什么错吗？
这三十五年来，价格可是一分没涨啊！

听我说好吗？随着常临来店次数的增加，炒饭的量也越来越大。

可是随着时间的推移，有种东西却在逐渐变小。

啊！该不会是“**常临的食量**”吧？

没错！随着年龄增长，**常临已经吃不下那么多东西了。**
可是今天，他依旧来到了店里，打定主意大吃一顿！

甚至不惜去医院开**胃药**也要来。

胃……胃药？

原本胃就不好的常临，去医院开了些强效药，他在吃炒饭前预先服用了胃药，以防止因吃太多胃承受不住。

可是侦探先生，为什么常临不惜吃胃药，也要特意来吃一份明知吃不下的炒饭呢？

他又不是什么美食节目明星。

我能理解他的心情。大概是不想剩饭吧！常临不想让好意给他多盛炒饭的乐舍老板伤心。

难道……常临一直以来都是**硬吃下去**的吗?

其实，常临年轻时，还是很开心乐舍老板能给他多盛点儿的。那会儿他可以开开心心地把大份炒饭通通吃光。

但随着年龄的增长，常临的食量变小了。

他已经无法吃完餐馆提供的大份炒饭了，可是又不好意思剩下……

“如果吃些胃药的话，是不是就能全部吃光了呢?”

于是，常临怀着“今天是最后一次光顾了”的心情，来到了这家充满回忆的餐馆。

常临非常努力地吃到了最后，可是他的胃还是承受不住了。最终，他倒在了地上。

竟……竟然会是这样。我好心给他多盛点儿，没承想竟让他受尽苦头……呜呜……

总是能把炒饭炒得粒粒分明的乐舍老板此刻吧嗒吧嗒地直掉眼泪。

常子小姐开口安慰他。

你别哭呀！正是因为有像你这儿这样提供大份食物的餐馆，我才能登上电视，大显身手!

我最喜欢大份食物了！也超级喜欢这个想让顾客都吃得饱饱的有着一颗温柔善良的爱心的你。

呜呜……常子小姐，谢谢你!

对不起，今天本店打烊了。饭钱都不用付了，各位，请回去吧!

就在这时，一个让人意想不到的声音响起了。

咦？可以免费吗？！

太好了！差点儿就要交罚款了！

佐罗力！
你果然是在装晕啊！

是的，佐罗力为了奖金报名参加了“吃炒饭赢一百万元”挑战。

但他吃得太痛苦、太难受了，无论如何也没办法在十分钟内把炒饭吃完。

就在那时，坐在他旁边的顾客——常临砰的一声倒下了。

佐罗力也连忙装模作样地倒地不起，盘算着等一会儿趁乱逃跑。

剩下的炒饭我就给伊猪猪和鲁猪猪打包带回去喽！再见啦！多谢款待！！

佐罗力的脸皮真是超级厚啊！

就这样，案件顺利解决了。这时救护车也赶了过来，医生确认了常临没有生命危险。听说康复之后他又继续光顾乐舍餐馆了。

自这起案件以后，乐舍餐馆的菜单上开始出现了小分量菜品，像什么迷你大份炒饭、迷你大大份炒饭、迷你特大份炒饭……

乐舍老板还是无法把“大份”的字眼儿从炒饭的名字里去掉。

那是自然，无论顾客的食量大不大，乐舍老板对待所有顾客的爱心可都是超大份的。

案件解决后，乐舍老板为表示感谢，免费请我们吃了炒饭，不过几乎都被刚介吃了……

对了！你们看新闻了吗？

佐罗力将没吃完的炒饭打包带回家的举动被大家称赞了，说他“珍惜食物，很了不起”呢。

是的，电视台工作人员在现场拍摄的影像已经播出了。

我帅气的推理过程一秒都没播，风头全被佐罗力抢了！

米克尔的嫉妒心也膨胀成了“超大份”。

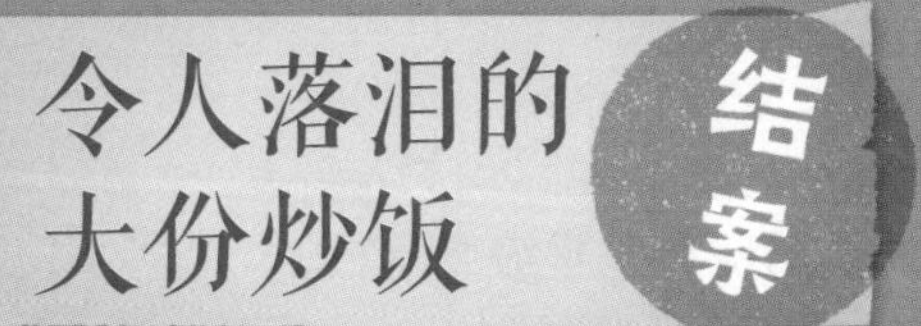

#3

是恶作剧吗？
工地惊现无数小坑

“到底是谁——做出这种恶作剧来？！”

噗噜噜气得火冒三丈，连连跺脚。附近树上的鸟儿被他的怒吼声惊起，纷纷飞走了。

噗噜噜声称他已耗资“数十亿元”，想建造一座超大型点心工厂。而如今，工厂的建筑工地上遍地都是小坑，到处凹凸不平。

在开垦山林、平整土地后，今天本该铺设部分地面的沥青了。

这下施工只好被迫叫停了。

竣工越晚，施工成本就越高。“我的钱啊！”勃然大怒的噗噜噜把工地的工人们都叫了过来，开始寻找嫌疑人。

这时有人说曾经见过佐罗力鬼鬼祟祟地出现在工地……

案发现场

一台巨大的挖掘机正在轰隆隆地挖地。

反对施工

一些住在附近的村民以保护自然生态为由反对施工。

工地旁边有一棵大树。蝉等昆虫在树上休息。

在工厂建设用地以外的区域，不知为何有被挖开又被掩埋的痕迹。

施工成本高达数十亿元？佐罗力在这里打工？

一夜间，地面上出现了无数个奇怪的小坑。

噗噜噜
点心工厂施工
人员招募中

案件相关人员

噗噜噜
（总经理）

点心工厂的总经理。一心只想着赚钱。正因施工被迫停止而大发雷霆。

派森
（现场负责人）

负责施工现场的管理人员，有三十年从业经验。擅长驾驶挖掘机，爱岗敬业，深受下属信赖。

皮卡尔
（新来的工人）

刚加入工程队的新人。虽然工作很努力，但总被老工人训斥。有一颗爱护花草和动物的善良之心。

这上面写着:“**耗资数十亿元!** 规模大到惊人!世界第一的点心工厂!批量生产巧克力城堡!正在招聘施工人员!”

米克尔一行三人顶着初夏的太阳，汗流浃背地赶到案发现场。刚介捡起一张被人揉成一团、丢在一旁的噗噜噜点心工厂的招聘传单，读了起来。

咦，这上面写的“巧克力城堡”难道是指……

很可能就是那个在《怪杰佐罗力》里出现过的巧克力城堡。当时许多小读者都争相模仿佐罗力的“舔舔式吃法”，使它声名大噪。

可那座巧克力城堡最后不是……了吗?
(详细内容请阅读《怪杰佐罗力之勇闯巧克力城》)

这张纸上写的每一个字都令人怀疑。

这里地处乡下，宁静祥和，简直称得上世外桃源。

考虑到当地的地价，无论打造多么豪华的工厂都花不了“数十亿元”。

米克尔认为那一定是噗噜噜总经理的信口胡言。

这儿的氛围让人身心放松！让我想起了我的老家：朝气蓬勃的向日葵，充满活力的蝉……

对了，听说**一些珍贵的化石就是从这一带被挖出来的。**

嗯？这里出土过化石？

大约十年前，有则新闻曾轰动一时，声称这里发现了“数亿年前的化石”。

是啊！啊，说起发现……有传闻说佐罗力也在这个工地出现过。

又是佐罗力？他来这儿干什么？

难道他厌倦了城市生活，来这里寻求大自然的慰藉？

他可不是那么浪漫的人。

佐罗力出现在这里一定有其他原因。

无论是这起案件的真相，还是佐罗力的目的，我都要查个水落石出。

顶着炙热的阳光，在高亢嘹亮的蝉鸣声中，米克尔团队的调查开始了。

找到的线索

让我们跟随名侦探米克尔一起看看案件的线索吧！

线索 1 无数的谜之小坑

地面上的小坑好多啊！听说昨天施工结束时还没有呢。

似乎是用铁锹挖出的坑。是有人恶作剧吗？还是……

线索 2 反对建厂

有部分村民反对在这里建工厂吧？

难道是村民们趁着夜色挖的坑？这种干扰施工的手段也太不高明了，而且还很费事。

线索 3 挖掘机

这是一台强动力挖掘机吧。

如果破坏者的目的是恶作剧，他用这台挖掘机可以轻轻松松挖个大坑。

线索 4 参天大树

据说这棵树的树龄有一百年了。这个时节应该有很多蝉和独角仙在上面出没。

蝉叫得真起劲儿啊。马上就是盛夏了，蝉的数量还会继续增加吧。

线索 5 被填好的坑

这边还有一些被填好的坑。

这里不是工厂建设用地。一边有人挖坑，另一边却有人填坑。这是怎么回事？

线索 6 佐罗力在这里出现

莫非佐罗力在这里工作？

如果是那样，他没必要偷偷摸摸的。佐罗力一定有别的目的。

相关人员中有没有可疑的人呢？
让我们来好好询问一下吧！

相关人员①

噗噜噜（总经理）

喂！侦探，赶快把嫌疑人给我找出来！施工每耽误一天，我就要多付给工人们很多钱。

（早就听说噗噜噜是出了名的“守财奴”，果然一开口就是钱……）

我好不容易才收买……不，才说服了这里的村民。**今天，本该开始给地面铺沥青了**……

点心工厂的施工遭到了村民们的反对。听说噗噜噜几乎每天都来施工现场，给村民们分发点心，以此收买人心，这才让工程得以推进。

这么说来，这次的案件应该不是村民们找碴儿了……

要不是新来的工人干活拖拖拉拉，柏油路早就更快、更划算地铺好了！真是的。

新来的工人？他有什么问题吗？

我几乎每天都骂他……真是够了。

具体情况你们去问现场负责人吧。

我现在心情很差，因为**昨天我的宝贝徽章**丢了！那枚徽章价值百万，是我最心爱的徽章。

（徽章？价值百万？这个金额同样可疑。）

该说“可疑”的应该是我吧！你真的是名侦探吗？

（啊！他听得到我内心的声音？）

相关人员②

派森（现场负责人）

昨晚施工结束时，土地还是平整的。**早上来了一看……就变成这样了，遍地都是坑。**

是谁第一个发现这些坑的？

应该是新来的皮卡尔吧。

因为他每天都是第一个到工地的。

那位名叫皮卡尔的工人好像总被噗噜噜总经理训斥？

确实，皮卡尔曾试图请假给向日葵浇水，还曾为救助受伤的鸟儿迟到……因为这类事情，他经常被总经理骂。

虽然如此，但皮卡尔对工作的领悟能力很强，据说挖掘机的操作方法他一学就会。

不过我事先声明，那家伙工作认真、为人善良，是个好人哪。

相关人员③

皮卡尔（新来的工人）

这才是早上，你就一身的汗啦。你工作服的膝盖处也已经弄脏了。

我……那个，噗噜噜总经理和我说“再犯错就把你开除了”，所以我必须比其他人到得更早，工作得更努力才行！

面对米克尔的询问，皮卡尔显得有些紧张。不过他还是直视着米克尔回答道。

啊，你问那些坑？我来的时候，地上就已经到处都是了！

咦？破案之前不能先把这些坑填上吗？

那……那可麻烦了。工期延误的话，噗噜噜总经理又要发脾气了。

新线索

附近的村民

刚介，你从附近的村民那儿了解到了什么？

的确有几个人反对修建工厂。

不过当我提起案件的时候，他们说应该没有人会去做这种恶作剧。村民们虽然会一起商量对策，但不会搞这种莫名其妙的反抗活动。

噢，看来这次的事和村民们无关啊！

还有一件事值得注意，据半夜慢跑经过此处的人说看见了一位“很像佐罗力”的人，而且他好像还拿着铁锹！

什么？！**佐罗力拿着铁锹？**

咦？你什么时候来的？

噗噜噜偷听到了刚介获得的情报，好像突然想到什么似的跑了出去，还留下这几句话……

不必多说了！那家伙就是嫌疑人！

我要设陷阱把他捉拿归案。

哼，哼，哼……

噗噜噜……你究竟要干什么？

推理 开始 ▶▶

米克尔的推理

跳着可以驱散暑气的舞蹈，
米克尔的头脑全速运转！

谜团 1 ▸▸ 数不清的小坑

无论怎么想，这些小坑都不像是恶作剧的结果。
不使用挖掘机，只用铁锹之类的工具挖的话，还是很费时间的。
也就是说，**对方一定有必须在地面上挖小坑的理由。**

皮卡尔的脏工作服 ◂◂ 谜团 2

说起来，皮卡尔的工作服只有膝盖处沾了泥土。可这才一大早，他还没开始工作呢。

另外，工作服的其他部位都很干净。

只有膝盖处被弄脏了……这一定是有原因的。

谜团 3 ▸▸ 反而被填好的坑

在建设用地之外的地方发现了“被填好的坑”。
派森已经确认，昨天还没有这些痕迹。
挖开的坑，填好的坑，两者间有什么关系呢？

我米克尔一定会找出案件的真相！！

看我的！

给读者的挑战书

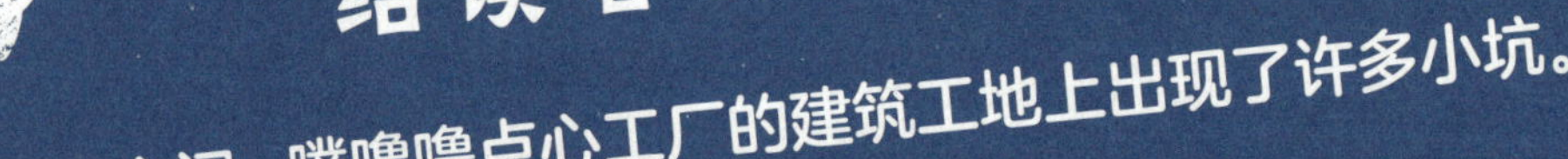

一夜之间，噗噜噜点心工厂的建筑工地上出现了许多小坑。

究竟是谁干的？

其目的又是什么？

这和半夜提着铁锹的佐罗力有什么关系呢？

我们期待你那能够战胜酷暑的冷静推理！

真相将在“解决篇”中揭晓

解决篇

米克尔将现场的案件相关人员都叫到了一起。随后他摆好姿势，正想说出那句经典台词“我米克尔已经解开了所有的谜团”时……

喀喀……
我米克尔已经解开了所有的……

在……在哪儿？
不是说找到了价值一百亿元的宝藏吗？

佐罗力不知从哪里冒了出来。米克尔的高光时刻被佐罗力的超高分贝打断了。

佐罗力？！你怎么会出现在这里？
不，更重要的是，你不要妨碍我说出我的经典台词！

吵死了！我是看见海报上说这里发现了价值一百亿元的宝藏，才过来的。

大新闻！！
价值一百亿元的
宝藏终于在
施工现场
被发现！

咦？一百亿元？你在说些什么啊？

呵呵，上当了吧，佐罗力！
那是我放出去的假消息！

原来，噗噜噜认为拿着铁锹的佐罗力十分可疑。
所以他为了把佐罗力引出来，到处张贴写有虚假信息的海报。

好了，佐罗力！你就承认吧！

在我最重要的点心工厂的建筑工地上做恶作剧的人就是你吧！

的确，佐罗力本身就是一个很可疑的人。

但此次案件真正的嫌疑人另有其人。

米克尔打断了噗噜噜的话，伸手指向嫌疑人。

嫌疑人就是皮卡尔！

我……我吗？

皮卡尔显然有些惊慌失措。

这个名字也令噗噜噜等人非常惊讶，一直关照皮卡尔的派森忍不住开口反驳。

等一下，侦探先生！

皮卡尔比任何人都工作得更积极努力。

做这种恶作剧只会害他丢了工作。

他没道理这样做啊！

你说得没错，**但这不是恶作剧。**

如果只是为了做恶作剧的话，那用挖掘机将土地翻一遍就行了。

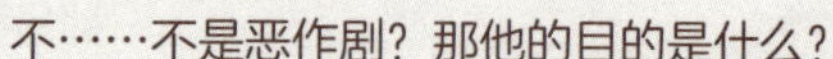

不……不是恶作剧？那他的目的是什么？

米克尔出人意料的话让噗噜噜摸不着头脑，于是他急切地询问道。

他在地面挖坑……

是为了寻找沉睡在地下的某种东西。

找东西？啊！我知道了！是化石！

听说这附近出土过珍贵的化石。

新来的！你真是利欲熏心，为了化石什么都不顾了啊！你被开除了！

我……我没有在找化石！

皮卡尔辩解道。他看起来比方才更惊慌失措了。

这时，米克尔又说，皮卡尔没有撒谎。

没错，如果他要找化石，边工作边找就行了，没必要连夜挖掘。

他是在找别的东西。

也只有皮卡尔这样心地善良的人才会去找它……

米克尔，他到底在找什么呀？

那自然是——**蝉的幼虫**。

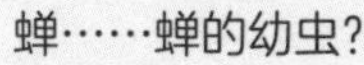

蝉……蝉的幼虫？

米克尔向目瞪口呆的噗噜噜解释起事情的原委。

你看，那些被挖开的小坑都在那棵大树周围。

大家现在能听见蝉鸣吧？

这个时节，正是蝉的幼虫化为成虫从地下钻出来的时候。

我懂了！如果这时候在地面上铺上沥青，蝉就会被困在地下出不来了！

正是这样。所以皮卡尔才挖出蝉的幼虫，然后**把幼虫重新埋在其他不会铺设沥青的地方。**

皮卡尔的工作服上只有膝盖处脏了也是这个原因吧？

皮卡尔轻轻地说了声“对不起”，承认了他的“罪行”。

皮卡尔平时就很爱护花草和动物，昨天他在施工时发现了埋藏在地下的蝉的幼虫。为了不让幼虫们被困在柏油路下，他连夜跪在地上翻土，将幼虫救了出来。

皮卡尔，这种事你和我说一声多好！

对不起，派森先生！可是，我想到如果再惹噗噜噜总经理生气的话，我可能就要被开除了，于是就没说……我很喜欢我的工作，以及在这里一起工作的大家。

皮卡尔边坦白，边大颗大颗地掉眼泪。

同时，另一个令人意外的事情也水落石出了。

其实我原本是在寻找噗噜噜总经理珍视的徽章。

结果我挖着挖着就发现了蝉的幼虫……我想着不能放着不管，一定要救它们，因此就这么做了。但最后还是没有找到总经理的徽章……

你……你……竟然……在帮我找徽章……

大家都感受到皮卡尔是个内心柔软善良的人，就连噗噜噜总经理也被他深深地感动了。

但是，**我明明已经把挖开的坑都重新填上了啊**，为什么会……

听到这里，一个先前始终保持沉默的人大声发出了哀叹，其音量不亚于蝉鸣声。

什么嘛！原来你是因为这个才挖坑的啊！我还以为你发现了化石，这才跟着你卖力挖土的，原来一切都是白费力气。

佐……佐罗力！原来把坑挖开后放任不管的是你这个家伙啊！

是的，佐罗力看到皮卡尔挖坑，认为他一定发现了珍贵的化石，便用铁锹将皮卡尔掩埋过的地面重新挖开了。

还有这个东西——徽章，我把它拿到当铺去卖，当铺的人说这东西根本不值钱，还给你们！这枚徽章是我帮你们找到的，是不是得好好感谢我？真是的，海报上说有宝藏也是骗人的，浪费我的时间，再见吧！

浪费的是我的时间吧！！

案件就这样顺利解决了，但之后施工并没有继续，因为……

在皮卡尔救助的蝉里，有非常名贵的品种，真让人惊讶啊！

是啊，为了保护当地的自然生态，施工被迫终止，噗噜噜总经理损失了数十亿元。

呵呵，数十亿元是他胡说的吧，之前他说价值百万的徽章不也一文不值吗？

在这个世界上有好多东西都埋在地下呀。

啊！！怎么办啊！

怎么了？突然这么大声。

我突然想起小时候和朋友一起，在一片空地里埋了一颗时间胶囊。可现在那片空地上已经建起了大楼……米克尔，你说现在我还能把那颗时间胶囊挖出来吗？里面有我的宝贝玩具，现在肯定能卖个好价钱！

你还是死了这条心吧。

是恶作剧吗？工地惊现无数小坑

#4

令人尖叫的涂鸦事件

“看！这不是画家面司的画吗？”

“你看这个标志性的面包和寿司图案，这幅画恐怕是他的真迹呢。”

“这么说来，这幅画岂不是非常贵重？”

某栋大楼前围满了人。在场所有人都被墙上的画作吸引了。原来有人认为这幅画也许出自那位神秘的天才画家面司之手，由此引起了一阵骚动。如果这幅画真的出自那位天才画家之手，那就是非常有价值的艺术作品，一定会引起全世界的关注。但就在此刻——

“是谁？是谁画的这种东西？这也叫艺术？！分明就是乱糟糟的涂鸦！是哪个家伙吃了熊心豹子胆，敢往我们保洁公司的墙上乱涂乱画！”

看到自己公司的墙上被人乱涂乱画，保洁公司的老板气愤不已。就在这时，一位少年目击者现身了：

“我看到了一道可疑的人影。”

可疑的人影……除了佐罗力还能有谁呢？

案发现场

供专业保洁服务

脏不留

左侧的墙面上有一道奇怪的粗线，犹如一支燃烧的箭矢。

这是一幅充满艺术性的城市风景画，但是总让人觉得哪里怪怪的。

画家面司标志性的面包与寿司图案，有点儿丑。

脏不留

一棵长在医院院子里的大树，因为长出了围墙而引发了医院与保洁公司的纠纷。树的形状有些奇怪。

远景医院

一家让讨厌医院的孩子也能安心地接受治疗的医院。

在写着“观赏费”三个字的空罐旁，佐罗力正往罐里瞧。

案件相关人员

比路莫奇

（保洁公司老板）

脏不留保洁公司的老板。公司大楼位于远景医院斜前方。最近他由于医院院内的树长到了自己的地界而与院方发生矛盾。

明伊

（医院院长）

地处高地的远景医院院长，是一位广受赞誉的好医生，亲和力强，就连讨厌医院的孩子也会乖乖配合他治疗。

弗雷迪

（少年）

去远景医院探望住院的朋友的少年。正是他看见了站在画前的可疑人物。

—— 天气 晴☀/气温 15℃ 远景医院前——

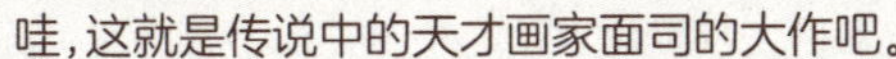

哇，这就是传说中的天才画家面司的大作吧。

面包？寿司？哎呀，说起来我现在倒有些想吃寿司了呢。

啊，不过，咖喱面包配热狗也不错。啊，真难选啊！能让我思考十分钟吗？

刚介！现在不是在讨论吃什么！
你难道没听说过当红画家面司吗？
现在到处都在议论他呢。对吧，米克尔？

卡露塔激昂地向刚介介绍面司是一位多么受人瞩目的画家。其实，米克尔也是第一次听说这个名字，不过他暂且装出一副自己原本就了解的样子，一边不断点头赞同卡露塔的话，一边询问刚介调查结果。

这幅画是什么时候画的呢？

时间嘛……根据我收集到的情报来看，**直至昨天傍晚，那面墙上还什么都没有呢。**

这么说来，画是在半夜画的吗？

到了今天，墙上的画就引起了轩然大波，据说有人目击到了一个可疑人物 —— 佐罗力。

当时弗雷迪来医院探望受伤住院的朋友，他说看到一个很像佐罗力的人多次窥探空罐后逃离了现场。

那个……米克尔，这会不会是佐罗力的涂鸦啊？

嗯……我不认为佐罗力具备如此高超的绘画才能……

不过，在对艺术有独到眼光的我看来……

咦？你有艺术方面的独到眼光吗？第一次听说呢。

我明明看起来就很有艺术范儿吧！
话说回来，**这幅画的构图好奇怪**呀！

构图？你具体说说。

画得倒是挺好的，可我总觉得这画好像没画完。

到底是谁画的呢？

是面司？还是另有其人？
就由我来鉴定一下这幅名为《案件的真相》的画吧！

米克尔能否通过艺术性推理让真相大白，成为名侦探界的“面司”呢？

找到的线索

让我们跟随名侦探米克尔一起看看案件的线索吧！

线索 1 墙上的画

啊，我以后想在这种都市生活，成为一名都市丽人！话说这幅画画得真好啊！

仔细看的话，可以看到有部分建筑歪斜、倒塌了。这也是艺术的表现吗？

线索 2 标志性的图案

面司的画上都有这个面包和寿司的图案。这个图案就好像是他本人的签名落款一样。

不知道是不是我的错觉……你们不觉得这个图案画得很拙劣吗？如果是作为落款被多次使用，应该画工纯熟才对啊。

线索 3 墙面的左侧区域

左面还留了这么大的空白区域……艺术不是应该充分利用画布空间吗？

这里的空白看上去像是故意留出来的。还有，这条超出画作区域的粗线又是怎么回事呢？

线索 4 医院

听说这家医院的院长医术高超，对孩子也很温柔细心，很受欢迎。

少年目击者弗雷迪说，他当时来这家医院是为了看望住院的朋友。

线索 5 形状奇特的大树

医院内种了一棵大树。部分树枝长出了围墙，还因此引起了院方和比路莫奇先生的争执。

广受好评的医院竟然会卷入这种纠纷中。不过话说回来，这树的形状真是挺奇怪的。

线索 6 佐罗力和空罐子

这种罐子是不是街头表演者让观众放赏钱的那种啊？

佐罗力大概是想靠这幅画赚上一大笔观赏费吧。他逃跑之前，好像还往空罐子里看了好几眼呢。

询问情况

相关人员中有没有可疑的人呢？
让我们来好好询问一下吧！

相关人员①

比路莫奇（保洁公司老板）

我们是一家致力于把脏乱的东西变得干干净净的保洁公司。现在公司墙体居然被人胡乱涂鸦，变成这种脏兮兮的样子，这分明就是故意找碴儿……不，这是妨碍我们公司正常经营！我一定要告他们！

妨碍经营了吗？您有怀疑的对象吗？

那还用说！一定是对面的远景医院干的。因为我最近和这家医院闹了矛盾。你看那棵树——

说着，比路莫奇指向医院院子里那棵形状怪异的树。部分树枝越过围墙，伸向保洁公司这边的院内。

咦？从近处看，树枝还真是伸出围墙好长一截啊！
因为这样你们才发生了纠纷吧。
算了算了，我来协调让你们和好吧。

我和他们没完！说起来就让人生气，我向医院院长投诉了好几次，每次他都以“**星期五一定会修剪**”为由搪塞我！

星期五？那不就是明天吗？

明明只要明天剪掉树枝，纷争就能解决了，医院那边何必在前一天往墙上涂鸦，故意找麻烦呢？

这还用说吗？肯定是他们压根儿没打算遵守约定！

医院和保洁公司约好明天修剪树枝。

只要再等一天就可以化解纷争了，医院有必要故意找麻烦吗？米克尔一行人决定去对面的远景医院，从院长那里再多了解些情况。

相关人员②

明伊（医院院长）

啊，侦探先生，不好意思，让您久等了。因为我接下来有个重要的手术，正在忙着做术前准备。

院长明伊走到在大厅等待的米克尔一行人面前，表情稍显歉意，但依旧笑得爽朗。

不愧是名医，工作如此繁忙，您平时能按时回家吗？

多谢关心。昨天忙得不可开交，就在医院歇息了。虽然医院里没办法洗澡，不过我休息得还算不错。哈哈，要是我身上有什么怪味，就请多多包涵了。

可您的白大褂还是很干净的，虽然**裤子和鞋上沾了些五颜六色的污迹。**

喂！你不要随便点评别人的衣着啊。

我有个问题……听说您和对面的保洁公司之间产生了矛盾。您为什么不修剪树枝，就这样放任不管呢？

那是因为……我太忙了……
不过，等我把后面的手术做完，一定会解决这件事的。
我已经请了园艺工人明天过来。

顺便问一下，您知道对面保洁公司墙体上的画引起了骚动吗？

啊……我略有耳闻。可我只是个医生，对于艺术……啊，时间来不及了！我还要继续做术前准备，就先告辞了！

明伊迈着匆忙的步子向手术室跑去，很快就消失在了众人的视野中。

相关人员③

弗雷迪（少年）

侦探们久等了，我刚探望完住院的朋友。

米克尔一行人刚刚与院长分开，弗雷迪就出现了。弗雷迪说他的朋友即将动个重要的手术，他是特意来给朋友加油鼓劲的。

重要的手术？你朋友是不是很害怕呀？

没有。我把他很喜欢的怪兽手办当作护身符送给他，他特别高兴呢。我这位朋友原本很讨厌医院，是遇到这家医院的院长后才决定动手术的。这里的院长是一位非常优秀的医生。刚才他还来病房了呢，手术当前，他和我朋友聊得很开心。我问他们在聊什么，他们也不告诉我，说是“**两人间的秘密**”。

刚才明伊院长说要准备的“重要手术”，原来就是你那位朋友的手术啊！

明伊院长医术高超，到目前为止，他做过的手术还没有失败的。虽然我听说我这位朋友的手术很有难度，但是我相信手术一定会成功的！

真令人安心哪，我们也祈祷你的朋友手术顺利。咦？你手里的那张纸是什么？

啊，这个？这是刚才明伊院长给我的。
他说我能来探病，真是个好朋友。
这张**速写画得很棒**吧。

画上是弗雷迪站在窗边的样子，惟妙惟肖。

这是……虽然现在公布真相为时过早，但我还是想告诉你们俩……

关于墙上那幅画……

嫌疑人就是明伊！

米克尔？！现在就锁定嫌疑人是不是太早了？

对啊，按照惯例不都是等到推理完再公布吗？

米克尔一反常态的举措让两位同伴有些莫名其妙。为了让同伴们冷静下来，米克尔开始解释自己为什么能确定墙上的画就是明伊画的。

听好了，仅推断出嫌疑人的身份称不上推理，还要在此基础上知道嫌疑人为什么要这么做。**把作案动机也弄清楚才算完美解谜。**

原来如此，也就是说现在推理的重点在“明伊为什么要在墙上作画”上，对吧？

没错，只要看了那张速写画，嫌疑人是谁就毫无悬念了！墙上的画和速写画的画风很像，而且在墙上能画得那么好的人也不多吧。

什么？那墙上的画是明伊院长画的？果然画工精湛！那我看见的疑似佐罗力的人又是怎么回事呢？

这确实是个问题。除了佐罗力的事，这个案件中还有很多疑点。明伊为什么要在墙上作画呢？案件的种种谜团……我会全部解开的。

说着，米克尔走到那面墙前，一边将手中的速写画与墙上的画进行对比，一边开始推理。

米克尔的推理

虽然此次破案的节奏和以往不同，但舞蹈总能让米克尔的头脑全速运转！

谜团 1 ▶▶ 墙壁左侧大面积的留白

从速写画来看，明伊很有艺术品位。那么他将墙壁左侧的区域留白一定有特殊目的……还有，这条**如燃烧的箭矢一般的粗线**也是个谜。

根据约定明天就会被修剪的“出墙树” ◀◀ 谜团 2

这棵“出墙树”是双方发生纠纷的导火索。明伊承诺明天就会修剪出墙的树枝，甚至还联系了园艺工人。既然如此，就没有必要特意在前一天做恶作剧，往墙上画画了。对了，试着反向思考吧。不要思考“明天修剪的理由”，而是思考“**今天还不能修剪的理由**”。

谜团 3 ▶▶ 能够确定“画是明伊画的”的决定性证据

往墙上画画的人是明伊无疑，但是没有目击者。那张速写画虽然可以被称为关键线索，但并不能成为决定性证据。不过，指向明伊的确凿证据**其实已经浮出水面**了。

面司的标志性签名图案 ◀◀ 谜团 4

如果墙上的画是明伊画的，那么代表面司的面包和寿司图案又是谁画的呢？难道明伊就是画家面司本人？可是他作为名医，每天都很忙碌，他有时间作画吗？而且**只有那个图案画得很拙劣**……也就是说，这是……

我米克尔一定会找出案件的真相！！

给读者的挑战书

现在嫌疑人的身份已经浮出水面，接下来要考验的是真正的推理艺术了。

为什么明伊要在修剪树枝的前一天往墙上画画呢？

能证明他就是作画者的决定性证据是什么？

还有面司的真实身份又是什么？

我们期待你的完美推理。

真相将在“解决篇”中揭晓

解决篇

米克尔等人现在在弗雷迪的朋友住的那间病房里。此次案件的相关人员都聚集在了这里，除了——“那个人”。

听说涂鸦的嫌疑人已经找到了，所以我在百忙之中赶了过来！但把我们叫到病房里做什么？

别急。嫌疑人很快就会露面了……

一分钟后，正如米克尔所说，本次案件的嫌疑人推开房门，出现在了病房里。

哎，侦探先生，让您久等了，不好意思啊！听说您还有事想问我？……咦？为什么比路莫奇先生也在这里？

明伊院长，是我叫他来的。

……

明伊院长，我的朋友怎么样了？这场手术难度很大，对吗？

是的，不过手术很成功，因为麻醉剂的作用还没有消失，所以他现在还在手术室里休息，你就放心吧。

太好了！那我去手术室前等着。

目送着兴冲冲地跑出病房的弗雷迪渐渐远去，米克尔切回了正题。

明伊院长，手术辛苦了，实在抱歉现在来打扰您。我有件事想跟您确认一下，就是关于墙上的那幅画作。

还有什么好确认的……显然那就是明伊院长干的！

……

明伊院长沉默不语，卡露塔替他提出了疑问。

那个……米克尔，应该没人看到明伊院长往墙上画画吧，你有什么确凿的证据吗？

有证据啊，而且还是决定性证据！
明伊院长……恕我失礼了！

说着，米克尔掀起了明伊身上的白大褂。

这……这是！！

浑身都是油漆点子！

各色的油漆喷溅在明伊白大褂下的衣服上，这确实可以作为明伊在墙上画画的决定性证据。

您说过“昨天忙得不可开交，就在医院歇息了”。

恐怕您昨天晚上是在忙着画画吧。当时光线昏暗，您的身上被溅上了油漆……

虽然没有换洗的衣物，但医院里有医生专用的制服——白大褂。于是您就用**白大褂遮住了**您的作案证据。

……

面对依旧一言不发的明伊院长，比路莫奇忍无可忍，语气强硬地责问他。

哼，明伊院长！事到如今你没什么可说的了吧！

你得好好赔偿我们公司，树也得立马给我砍了！

可以请您等一下吗，比路莫奇先生？

现在砍树，**连我都觉得有些强人所难**啊。

你这话是什么意思？

明伊院长……请由我替您解释吧。

我会解释清楚整个案件的来龙去脉。

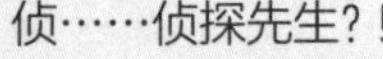

侦……侦探先生？！

米克尔阻止了比路莫奇砍树。在众人惊讶的目光下，他徐徐说出了真相。

整个案件中最令人不解的地方是“明伊院长为什么非要把修剪树枝的日子拖到明天”。但这里的重点其实不是“明天”，而是“**今天一定不能修剪树枝**”。答案就隐藏在墙左侧的留白区域中。

这么说来，那幅画左侧的空白是故意留出来的吗？

是啊。其实**那幅画并不完整**，左侧少了某样东西。

某样东西？什么东西啊？

面对比路莫奇的疑问，米克尔展开了那张弗雷迪给他的速写画。

真相就在这张速写画中，而解谜的关键是……窗外的树。

咦？从这间病房向外看，那棵树的形状和之前看到的不一样呢！

看上去像是……啊！！该不会！

没错，从这间病房看过去，那棵树看起来就像一只怪兽！

在楼下近处看那棵树，只能看到一棵“形状奇怪”的树，但如果我们换个视角，它就变成了一只凶猛的怪兽。

请大家从这个窗户看看那棵怪兽形状的树吧！

这……这是！！

是一只**怪兽正在摧毁城市**！

那道粗粗的线原来是怪物口中吐出的火焰！

没错，墙上的画和这棵怪兽形状的树凑在一起，才是一幅完整的作品。弗雷迪曾将怪兽手办作为护身符送给住院的朋友，说明那孩子很喜欢关于怪兽的作品。明伊院长从弗雷迪那儿得知这件事后的某一天，突然注意到病房窗外的树看起来很像怪兽，于是就想出了这个主意——为生病的孩子作画。

那孩子即将面对一场复杂的手术，为了给孩子打气，明伊院长想出了这个计划。正因如此，他绝对不能在手术前修剪那棵树。

我……我才不会被这样蒙混过去呢！！
如果真是这样，那代表了面司的签名图案又是怎么回事呢？
难道你想说明伊院长就是面司吗？！
那怎么可能呢？

到目前为止，米克尔的解释还不足以让比路莫奇接受。
但米克尔此时已经解开了关于签名图案的谜团。

那个面包和寿司的图案无论怎么看，画工都很拙劣。
实际上，**那个图案是后加上去的。**
线索就是放在画前的空罐子，那罐子是专门用来收观赏费的……这一系列行为都是他人所为。
那个人就是……

就在米克尔正要说出那个名字的时候，屋外传来了一阵嘈杂声，大家朝窗外看去，只见一辆大型观光巴士停在那里。

来吧，各位游客！那就是传说中的面司的画！想要拍照的抓紧时间，我可以给你们算便宜点儿。

佐罗力！你为了赚钱真是什么事都做得出来！

将面包和寿司的图案加到画上的就是佐罗力。

“如果大家以为这是面司的画，就可以收观赏费了。”佐罗力这样想着，就在画前放了个空罐子。但没想到一无所获。可是他依旧不死心，现在更是直接将观光巴士带到了案发现场。

比路莫奇先生，手术已经顺利结束了。由于我想帮助那孩子的心情过于迫切，以至于没来得及和您解释就擅自行动了，实在对不起。

树我会修剪的，我也会支付赔偿金，并向您赔罪。

明伊承认了自己的过错，并真诚地道了歉，但比路莫奇似乎没有接受。

明伊院长，我们可是保洁公司！

我们的宗旨就是将一切事物都打扫得干干净净、闪闪亮亮！所以……

我们可不能玷污您那颗想让生病的孩子快乐起来的闪闪发光的心！

比……比路莫奇先生！

如果我们公司的围墙可以让那些与病魔斗争的孩子快乐一些的话，那就随便用吧！你画的画也好，树也好，就作为艺术品……永远保留下来吧！

此次案件就这样顺利解决了。由怪兽之树与墙上的画组成的作品给许多住院的孩子带来了安慰。但是，自那之后，事态逐渐发生了变化……

听我说——大新闻！我刚才去看墙上的那幅画……上面竟然被人添上了一个勇士的形象。

也就是说，那幅画被升级为“怪兽和勇士的对决”了吗？

不仅如此，旁边还多了一个面包与寿司的图案。这回的图案画得极其精妙。

天哪！这么说，画勇士的人是……

哈哈，是谁都无所谓啦。无论是谁画的，孩子们都会以童真的眼光去欣赏这幅画的。

#5

别眨眼！停在百米高空的过山车

咣……咣当……咣……咣当……

“破山号”过山车咣当咣当地缓缓驶上轨道。

过山车行驶到最高处，就在所有人都以为过山车即将急速下降，车上的乘客们已经准备发出“啊——”的尖叫声时……

砰!!!

过山车竟然猛地在离地一百米的高空停下了。乘客们都被困在了过山车上，地上的围观者们一片哗然。

“难道那封警告信不是恶作剧?!”

年轻的女负责人吓得脸色苍白。因为昨天寂岛游乐园收到了一封“警告信”，信中写道：

“明天不要放游客入园，否则灾难必将降临。”

这是把游客当成了人质?!是谁做了这么过分的事情?

案发现场

“破山号”过山车突然在离地一百米的高空停住了。

不知是何人寄来了一封警告信，信上写着“明天不要放游客入园”。

明天不要放游客入园

有九十九年历史的寂岛游乐园里，到处破烂不堪。

地图

通知

寂岛游乐园

欢迎光临

一百周年翻新计划

园方正计划对游乐设施进行翻新。

烤红薯是游乐园最受欢迎的食物。今天是一年一度的红薯免费品尝日。

烤红薯

烤红薯

案件相关人员

可可·吾野
（游乐园负责人）

寂岛游乐园的负责人。可可是不久前刚因游乐园翻新项目上任的能力出众的管理者。

斗叔
（保安）

空手道达人，梦想是与佐罗力一决高下。斗叔因一身好功夫被游乐园看中，来到游乐园当保安。斗叔是最先发现警告信的人。

卡林
（管理员）

游乐园的工作人员，由他负责检查过山车等设备，并管控过山车的出发时间。游乐园翻新后，他将被调去其他部门。

—— 天气 晴☀/气温 20℃　寂岛游乐园内 ——

米克尔一行人听闻骚动后，来到了现场。

像往常一样，刚介依旧被误认为是警察，于是他们十分顺利地搜集到了很多线索……

刚介，此次事件的案发现场在哪里？

刚介向着高空抬手一指，过山车就停在那里。

太远了，站在这里什么都看不清啊。

米克尔，你视力不好吗？
诺，这个给你！新的日抛，放心用吧。

这不是隐形眼镜吗？这个距离，戴上隐形眼镜也看不清啊。

最后，米克尔从游乐园的工作人员那里借来了双筒望远镜，透过望远镜看向过山车停留的位置……

咦，过山车上坐着的那个是佐罗力？！
啊？！卡露塔怎么坐在他旁边呀？！

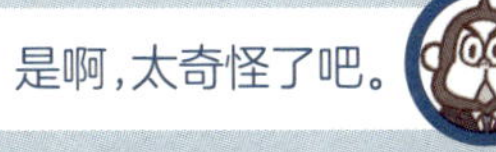

喂！你别站在望远镜前面啊。

米克尔透过望远镜看到的不再是静止的过山车，而是刚介的大脸。可能是因为卡露塔这次也被卷入了案件中，所以刚介迫不及待地想将搜集到的信息一股脑儿说出来。

其实卡露塔是因为**和同学一起参加研学旅行**才来到这里的。没想到她坐上过山车后，就碰上了这种事。

你打算继续把脸贴在望远镜的镜头上汇报吗？

你知道的，卡露塔的学校不是在深山里嘛。

那所学校的学生**从没看过电影，也从没去过海滨浴场和游乐园**。所以他们**很期待今天的研学旅行**呢。

那我必须让学生们好好享受后半段旅程。

我要用过山车般的速度解开谜团。

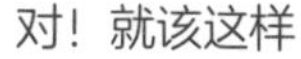

对！就该这样！

啊！你不要靠得这么近！别让我看你的鼻部特写！

米克尔赶快将望远镜还给了工作人员，和鼻部特写意外有些可爱的刚介一同开始了调查。

找到的线索

让我们跟随名侦探米克尔一起看看案件的线索吧！

线索 1　历史悠久的游乐园

这个游乐园早在我们出生前就建好了，现在园内到处都破破烂烂的。

过山车会不会是因为设备老化才自动停下了呢？

线索 2　警告信

“明天不要放游客入园”？是游乐设施被做了手脚吗？但我明明检查过了，并未发现什么异常。

难道嫌疑人的目标只是过山车吗？

线索 3　过山车

听说为了安全起见，案件侦破之前过山车不会再次启动。

通过望远镜可以观察到……佐罗力正翻着白眼，卡露塔的表情又是怎么回事？

线索 4　翻新计划

听说在开园一百周年之际，游乐园将会以全新的面貌出现在大家面前。喏，这是宣传册。

宣传册上写着游乐设施将使用 AI（人工智能）来进行管理，也就是说，通过电脑自动控制游乐设施，如此一来不仅可以减少失误，也不再需要过多工作人员……

线索 5　烤红薯

今天是一年一度的红薯免费品尝日。可早上游乐园一开门，工作人员就发现所有的红薯都不翼而飞了，他们正在为此事吵吵嚷嚷。

红薯的失窃会与警告信有关吗？

线索 6　园区地图

先给你一张园区地图吧。咦？园区最里面有个游戏中心呢，我们回程时去看看怎么样？

你还真是悠闲啊。看位置这个游戏中心四面环海，自然风光应该很优美。

询问情况

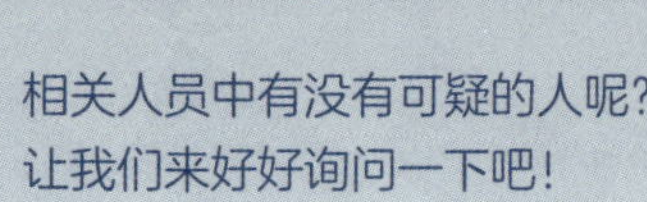

相关人员中有没有可疑的人呢？
让我们来好好询问一下吧！

相关人员 ①

可可·吾野（游乐园负责人）

真伤脑筋，没想到警告信中的内容竟变成了现实……如果不快点儿解决的话，这次的事件将会成为我璀璨职业生涯中的污点！

可可是一位优秀的管理者，曾先后在几家公司就职过。现在她正作为游乐园的新负责人，焦躁地回答着米克尔他们的问题。

你认为那封警告信只不过是一个恶作剧，所以就没有终止营业，对吧？顺便问一下，此前过山车有没有像这样突然停下来过呢？

为了实施翻新计划，游乐园刚把我聘请过来，让我担任新负责人，以前的情况我不太了解，不过**似乎停过几次。**过山车中途停下来后，游乐园竟然就只是让工作人员再操作一下试试，简直太荒唐了！

游乐园翻新的话，过山车项目会怎样呢？

那种动不动就停下来的老古董也没有保留的必要吧？拆掉算了！说到底，现如今的小孩根本不喜欢这种老旧的游乐园。我会让这里脱胎换骨，将这里打造成更时尚、更耀眼的主题公园……啊！这次事件该不会是竞争对手担心我们翻新后会威胁到他们的生意，故意从中使坏吧？一定是这样！他们的这种行为是扰乱经营！

还无法确定是竞争对手作案……
对了，我还听说翻新后游乐设施将由 AI 管理……

听上去超酷对吧？是我的主意！
如果用计算机管控的话，就不会再出现今天这样的事故了。
人会犯错，但是 AI 不会。

相关人员②

斗叔（保安）

听说是你最先发现警告信的？

是的，这封信就放在管理处的邮筒里。是竞争对手使坏吗？感觉挺难说的。毕竟这附近也没有其他游乐园。

斗叔边说边哗啦啦地翻阅着新游乐园的宣传册，面露苦笑。

我们这些保安，也会被 AI 取代，成为无用之人吧。如果被游乐园“炒鱿鱼”的话……附近港口在招聘安保人员，到时候我就去那里应聘好了。在这里既看不见船，也看不见海，**如果在视野开阔的地方，应该都能看见了。**

相关人员③

卡林（管理员）

是我按下了过山车的按钮。过山车刚停，我就接到了负责人的通知，让我“警察来之前不要再动按钮”，所以我就让过山车维持原状，没再重新启动。

我听说过山车之前也有过中途停下的情况。

之前停下来应该不是因为故障……**的确停过几次……停在最高点。**

据说过山车之前几次停下，都是在最高点停留了一分钟左右就继续运行了，事后检查时也没发现任何异常。

今天，我听那些从山里来的学生说，他们非常期待来游乐园玩。我很想给他们留下美好的回忆，不只是坐坐过山车而已。可没想到事情竟变成这样……

过山车上有个女孩是我们的朋友。我们用望远镜看到她似乎状态还不错……不过这个距离有点儿远，看不太清。

对了！最高点有一台专门用于拍摄纪念照的照相机……我现在就去把照片打印出来！

安装在过山车轨道最高点的相机拍下的照片

嘀……沙沙沙……嘀……沙沙沙……

旧印刷机打印出相机拍下的游客在最高点的照片。

啊！好清晰啊！哎？**卡露塔的脸怎么是朝向右边的？**

不光是卡露塔，似乎后排的同学们也都看向右边，而且**他们看上去好像很开心**……

看起来大家状态不错，那我就放心了……

咦？坐在最前面的这个人是**趁乱跑上过山车**的。

当时他看起来非常慌张。

你是说佐罗力吗？

只有佐罗力自己抬着腿……他是想逃跑吗？

怎么可能！那上面根本无路可逃啊。

可话说回来，在离地一百米的高空上到底发生了什么呢？为什么卡露塔和她的同学们都往右边看呢？

米克尔随意地翻阅着手中的园区地图，接着一个想法猛然浮现在他的脑海中。

原来如此，过山车从没发生过故障啊。

米克尔的推理

在推理时跳舞，米克尔的头脑就会全速运转！

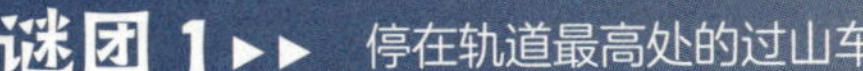

谜团 1 ▸▸ 停在轨道最高处的过山车

据说过山车过去也有过几次停在轨道最高处的情况，不过停这么久还是第一次。为什么会有这样的变化呢？或者换句话说，**游乐园最近发生了什么**……

游乐园翻新计划 ◂◂ 谜团 2

很快游乐园就要根据翻新计划，引入 AI 控制系统，**过山车也要被拆掉**……这个翻新计划无疑对这次的事件产生了某些影响。

谜团 3 ▸▸ 为何卡露塔和她的同学们都看向右边呢？

乘坐过山车的人通常都是面朝前的，因为过山车一加速行驶，游客就顾不上往旁边看了。可是从安装在轨道最高点的相机拍下的照片来看，**卡露塔和她的同学们都看向右边**，而且眼睛直放光。

我米克尔一定会找出案件的真相！！

看我的！

给读者的挑战书

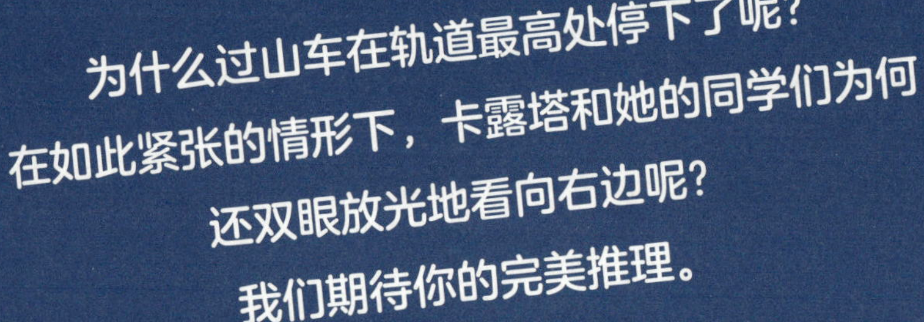

为什么过山车在轨道最高处停下了呢？

在如此紧张的情形下，卡露塔和她的同学们为何

还双眼放光地看向右边呢？

我们期待你的完美推理。

真相将在“解决篇”中揭晓

解决篇

谜团已经解开了！我的推理可是从不出“故障”！

自誉“名侦探”的米克尔先生，你说的是真的吗？如果你推理失误，引发更大的骚乱，那我可就麻烦了。毕竟一切责任都需要我这个负责人来承担。

负责人小姐，也许 AI 的确不会犯错，可我更希望你能试着相信“人类的力量”。

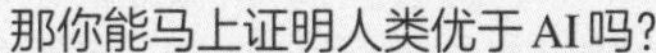

那你能马上证明人类优于 AI 吗？

现在不是你们争论的时候！游客们还被困在上面呢。解开谜团后才可以放心地启动过山车呀！

游客的笑容永远排在第一位，我希望可以快点儿启动过山车……

尽管三位工作人员的表达方式不同，但他们都希望游客平安无事、案件尽快得到解决。

就在这时，米克尔侦探公布了一条冲击性十足的结论。

你们三个人所说的应该都是真心话。

不过，其中有一位……明明与此次案件脱不了干系，却没有说出真相。

什么！你是说嫌疑人是游乐园的工作人员？

刚介惊讶地瞪圆了眼睛，十分激动，恐怕半空中的游客都能听到他的声音。

没错，详细情况还是听他本人解释吧……

米克尔缓缓抬手，指向事件的嫌疑人。

啊……我？

啊?怎么回事?！深受游乐园关照的老员工写警告信威胁游乐园？简直天理难容！你在之前的工作中也做过类似的事情吧？开除！我必须开除你！

负责人小姐，请等一下……**卡林没有写警告信。**不仅如此，他压根儿不知道这封信的存在。

米克尔冲到两人中间，似乎想阻止负责人责备卡林。

另一边的斗叔和刚介满脸问号，完全不明白米克尔在说什么。与此次案件脱不了干系，却又不知道警告信的存在，这究竟是怎么回事？

让我们一起梳理一下案件的经过吧！让过山车停在最高点的人，恐怕正是卡林先生，因为只有他能按下停止、启动的按钮。

你刚才不是说卡林先生和警告信无关吗？那他为什么要这么做？

哼，总归他是想给游乐园……不对，给我这个新来的负责人找麻烦吧！

大错特错。别说找麻烦了，卡林先生比谁都为游客着想……集体看向右边的那些**孩子恰恰可以证明卡林先生对游客的心意。**

说着，米克尔展开园区地图。
大家纷纷凑过来，查看过山车的右侧，也就是地图的北端。

啊！难道是游戏中心？我也好想去那儿玩玩啊！

警察先生，你在说什么啊？你现在还在工作时间内呢。

啊……开……开个玩笑而已！

游戏中心再往北就没什么设施了吧？

米克尔用手指着地图，滑向游戏中心更北边的方向。

不要局限在游乐园内部啊。

该不会是……游乐园之外，那里是……

没错，是大海。卡林先生，你是想让孩子们看看大海吧？

卡林听卡露塔他们说“从没去过海滨浴场”，便想着可以让孩子们从过山车的最高处看看大海。因此，他在过山车驶至最高点的时候按下了停止按钮……

米克尔正解释着，不知从哪儿飞来一只纸飞机，啪的一下撞到刚介头上。

好痛！咦，这是什么？这是……从《研学旅行指南》上撕下来的纸？上面写着什么呢？

我们都平安无事。大家第一次看见大海，都非常激动！

卡露塔

这是卡露塔从过山车最高处发来的“情况通报”。

看到纸条，卡林悬着的心终于放下了，他开始讲述案件的真相，只是卡林看起来仿佛随时都要晕倒似的。

我……曾经接受过他人的委托，委托人是一群没见过海的孩子。孩子们说想在过山车的最高点看看大海，我没有拒绝，在过山车行驶到最高点时，我让它停下了，孩子们都特别高兴……我永远记得他们看见大海时的笑容。我知道自己的做法并不合规，但那以后，我还是会偶尔按下停止按钮，大约一分钟之后再重新启动。但今天，**因为被新负责人阻止，所以没能重新启动过山车。**

你……真的是为了让孩子们看看大海，才做出这种事的吗？可你为什么不早说呢？现在事情闹得这么大了！

这么多年来，过山车一直在工作中陪伴着我，它可以算是我的老搭档了，我也想陪在它身边，一直到它被拆掉的那天……我会为我的行为负责，实在对不起！

尽管你是为了孩子们着想，但我依然无法原谅你的做法。

据说游乐园翻新完成后，卡林会辞去这里的工作，去警局自首。

等等！那么警告信是谁写的呢？

哎，米克尔！卡露塔的纸条后面还有内容。

另外，坐在我旁边的佐罗力好像肚子很不舒服……

“肚子不舒服？”米克尔有种不祥的预感。
是的，他想起了今天发生在游乐园的“另一起案件”。
不一会儿，米克尔等人的头顶上空响起了爆炸般的声音。

“噗——！”

好响亮的屁啊，佐罗力！
偷红薯的人就是你吧？还有警告信也是你写的吧！

什么，佐罗力？

是的，寄出警告信的人就是佐罗力。今天是一年一度的红薯免费品尝日，于是佐罗力萌生了一个阻止游客前来，从而独享红薯的计划。但是，出乎他的预料，游乐园竟然正常营业了。正当佐罗力试图神不知鬼不觉地拿走所有烤红薯时，店员走了过来，于是佐罗力只好慌忙把烤红薯塞进嘴里，跳上了过山车。

咦？米克尔！你快看过山车！

过山车？啊！过山车竟然开始动了……它在朝反方向行进！

竟然发生了这种事！在佐罗力“威力十足”的屁的反作用力下，原本静止的过山车开始朝反方向行进。接着卡露塔和同学们尖锐的叫喊声响彻云霄。

啊！过山车居然往回跑啦！好开心！今天还看了海，真是太棒了！

过山车往反方向行驶了？！这……还挺不错的嘛！

多年来，过山车一直被卡林保养得很好，所以从未发生过故障，还给游客带来了很多欢乐。今天是开园九十九年来首次出现过山车向反方向行驶的情况，游客们欣喜不已。

就这样，此次案件圆满解决了，游客们的身体状况也没有任何异常。引起恐慌的罪魁祸首——佐罗力也并未承担任何责任，因为……

真没想到“逆走过山车”会成为游乐园的著名项目。

针对佐罗力写警告信和偷烤红薯的行为，游乐园只给了他口头警告，没有追究他的责任，当是抵消他的“创意费”了。游乐园的人也太仁慈了吧。

而且据说自那次事件以后，游乐园的游客人数直线上升。卡林先生继续作为管理员在这里工作，园方还针对那些想看海的游客推出了“最高点看海一分钟”的特色服务，这项服务也大获好评！

游乐园的负责人自信满满地声称，可以通过 AI 实现自动停止和自动启动，再也不会有事故发生，让人非常放心呢！

人有人的优点，AI 有 AI 的优点。
没必要非得二选一，取长补短才是正解。

好啦，咱们快一起去过山车最高点看海吧！

同意！看完海之后，我们再去玩卡丁车、旋转木马、摩天轮，还要去美食街、游戏中心……

现在寂岛游乐园非常有名，要排很久的队才能玩上过山车呢……

别眨眼！停在百米高空的过山车

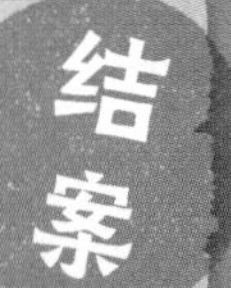

有谜团的地方总有他的身影

怪杰佐罗力

每时每刻都处于饥饿中。

经常暗中捣鬼，但偶尔也会做做好事。

有着无论身处何种境地都能挺过去的强大内心。

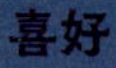

喜好

吃好吃的食物

擅长

乔装打扮

最不擅长应对

警察

乔装达人。常常以各种样子出现在案发现场。

体力 4

沟通能力

幽默感 5

对捣蛋的认真程度 5

机敏度 5

智力 3

#6

“无解”的失踪案？消失在海上的英雄

“在过山车上看海的感觉是不错，不过还是在船上看海的体验感更棒！”

米克尔一行人正在乘船观光。他们乘坐的是一艘很受欢迎的观光船，可以在航行过程中欣赏沿途景色。今天好像正赶上了附近某个幼儿园集体旅行，船上的小朋友们看着碧蓝的大海满心欢喜。

“那艘船好豪华啊！好想坐一下！”

刚介指着一艘高级游艇说道，如果用房子来类比，那艘游艇绝对称得上“豪宅”了。而且游艇上正在举办一场豪华派对，然而就在这时……

“咦？游艇上的人在朝我们挥手吗？”
“喂！请到这艘游艇上来！”

游艇上的人竟然叫刚介上船，但他们并不是邀请刚介去参加派对。

“看样子，你应该是警察吧？我们这艘游艇上出事了！”

等待着米克尔一行人的，是一个按说不可能出现在海上的“无解谜团”。

游艇上正在举办派对。派对上提供豪华料理和高档红酒。

案发现场

成金董事长赞助了一档节目，该节目的演员和工作人员都在游艇上。

成金号

观光船每天巡游两次，这是今天的第二次巡游。

观光船上有很多幼儿园的小朋友。

大海一片宁静祥和。

案件相关人员

成金
（董事长）

靠信息技术创业赚了一大笔钱的富豪。他是这艘游艇的持有者，同时也是《攀岩侠》节目的赞助商。

攀超
（演员）

一位年轻演员。他饰演的是超人气英雄节目《攀岩侠》的主角——一位充满正义感的青年。他在日常生活中也很正直。

恶达
（演员）

饰演《攀岩侠》中的反派角色——邪恶组织“败败堂”的头目。恶达出演的角色多为反派，但他本人和攀超在新人时期便是好朋友了。

猫猫公主
（魔术师）

举止略显奇怪的魔术师。猫猫公主负责在派对上表演魔术助兴，她的出场费很高。

攀岩侠……从船上消失了？

什么！你说的攀岩侠，是每周日早上播出的那个英雄主题的少儿节目的主角吗？

他是个帅哥，深受大家喜爱！

攀岩侠是一位硬汉型英雄，他不断与企图征服地球的邪恶组织“败败堂”斗争，保护城市和平。

攀岩侠能自由地在建筑物间攀爬，惩治“败败堂”的那群坏家伙！

他拥有充满正义感的爽朗笑容和强壮有力的肌肉，不仅深受孩子们欢迎，在大人中人气也很高。

案件发生在大富豪成金举办的游艇派对上。据说在**十分钟前**，受邀参加派对的攀岩侠扮演者——攀超**不见了**。

十分钟前？那正是我们在观光船上注意到这艘游艇的时间呀。

那本来是攀超作为特邀嘉宾发表演讲的时间。结果临近攀超登场，众人才发现他不见了。

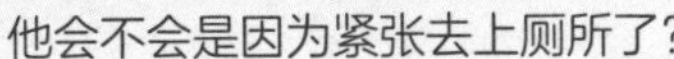

他会不会是因为紧张去上厕所了？

他们当然去厕所找过了，此外大家还分头找了很多地方，但都没发现攀超的踪影。

对了，说到消失，其实还有个东西也不见了，那就是成金董事长的**名贵手表，也不知道什么时候不见了**，难道……

找到的线索

让我们跟随名侦探米克尔一起看看案件的线索吧！

线索1 消失的攀岩侠

攀岩侠明明参加了派对，却在演讲开始前突然消失了！

他不在游艇上的任何地方，难道在海里？

线索2 消失的手表

成金董事长的名贵手表竟然价值三台豪车。

这么贵，那被小偷盯上也不奇怪了……这和消失的攀岩侠会有关系吗？

线索3 观光船

据说观光船每日巡游两次。我们乘坐的好像是第二次。

一起乘船的孩子们说，这是他们今天第二次乘船观光，观光船第一次出航时，这些孩子好像也坐过。

线索4 平静的大海

今天天气不错，大海十分宁静祥和呢！

如果有人掉进海里，发出的声响应该会被大家注意到。这样说来，攀超并没有掉到海里？

线索5 佐罗力的身影

说起来，这次没看到佐罗力呀！我居然还有点儿想他了！

这种话可不能乱说，回头他说不定又从哪里冒出来了。

相关人员中有没有可疑的人呢？
让我们来好好询问一下吧！

成金（董事长）

真是的！攀超那家伙到底去哪儿了？
他可是这个豪华派对的特邀嘉宾啊。

成金先生，攀超消失的时候，您正在做什么？

我当然是在享受这个豪华派对啦。你看，我花高价请来了魔术师猫猫公主，当时我正看她表演魔术呢。她说要表演什么“消失术”来着，所以我正满怀期待地看着魔术师那边呢，没想到攀超竟然消失了。

成金穿着高档但看着莫名有些土气的名牌服装，和米克尔讲述着案发时的情形，同时将杯子里的香槟一饮而尽。

说起消失……听说您的名贵手表也消失了？

哈哈，说起那块手表，那是我最常用的一块，我想把它送给攀超来着，但是他**坚持不要**。要我说攀超真是有原则，他平时的做派就像英雄人物一样呢。哈哈！随后手表就被放在了桌子上，不知何时不见了。

是被谁偷走了吗？
不过这可是船上啊，偷了手表也插翅难飞。

总之，你们快帮我把攀超找出来吧。要是因为我办的派对导致《攀岩侠》的录制无法进行下去，还不知道公众会怎么说我呢！

恶达（演员）

恶达饰演的是攀岩侠的死对头——“败败堂”的头目，在扮演反派角色方面，没人能与他相提并论。刚介被他那张凶狠的脸吓到了，有点儿不敢开口询问。

他看起来太可怕了，啊，他在瞪我！他那副表情是生气了吗？

当然不是啦！瞧你磨磨蹭蹭的，换我去问吧！恶达先生，你可以回答我几个问题吗？

有那么一瞬间，恶达的表情好像是在瞪卡露塔，但紧接着他脸上便浮现出了微笑。“啊，找我有什么事吗？你尽管问吧。”恶达温柔地回答道。

哈哈哈……你觉得我很可怕？没事没事，我都习惯了。因为我总演反派，所以难免会被人误解嘛。

你本人和剧中角色的性格反差真大，真不愧是演员啊！

要是这么说的话，还是攀超更厉害！

攀超在日常生活中从来不说别人的坏话，彬彬有礼、举止优雅……**他要维持英雄的形象**嘛，所以将英雄主义贯彻进生活的方方面面了。

你和攀超先生从很久以前就相熟了吧。

我们自打出道关系就特别好，还一起度过了出名前那段艰辛的时光。

说起来，就在演讲开始前，我们还在谈天说地，聊得可起劲儿了，可不知什么时候，他就不见了……攀超到底去哪儿了呢？

相关人员③

猫猫公主（魔术师）

这个案子和我一点儿关系也没有好吗？我只是受成金先生之托，过来表演魔术而已。

成金董事长很欣赏这位猫猫公主，每年都会请她来游艇派对上表演魔术。据说今天的骚动就发生在她表演“消失术”之前。

这样啊，所谓“消失术”是能让任何东西消失吗？

今天要展示的魔术是先让**客人的某件物品**消失，再从大家意想不到的地方变出来。

顺便再问一下，当时攀超在看魔术表演吗？

当时是什么情况来着？我从派对一开始就一直在进行魔术表演，我想他可能也看了一阵吧……对了，我的经纪人拍了几段短视频，是打算发在社交媒体上的。

经纪人拿出了三段视频，这些视频可以作为新的证物。

新线索

视频1

第一段视频记录了魔术表演开始前的情形。

咦？这……这个人是……**佐罗力**！

真是太令人吃惊了！佐罗力一副服务员装扮，从容自若地出现在派对现场！

别管佐罗力了，你先看这里！成金董事长正在给攀超递手表呢。攀超是在这时候拒绝成金的吗？攀超和恶达关系真好呀。

是啊，**英雄和反派在一起开怀大笑**呢！

你们怎么是这种反应啊？就好像佐罗力在场是理所当然的一样。佐罗力出现在这里明明是件令人惊讶的事吧？他到底为什么出现在这儿啊？

新线索

视频 2

米克尔虽然对佐罗力的出现很惊讶，但他还是先继续看了第二段视频。第二段视频记录了猫猫公主表演扑克牌魔术时全场热烈的气氛，同时也拍到了一些重要的画面。

哎呀！攀超不见了！

另外，这时候观光船就在游艇旁边。这……是我们登船前，第一次巡游中的观光船。虽然我们不在那艘船上，但上面有很多小孩。

攀超先生在我们乘坐的第二次巡游的**观光船靠近时也消失了**……这只是巧合吗？

新线索

视频 3

接下来是第三段视频，攀超的身影再次出现在视频中。

噢？攀超正在用毛巾擦身体呢。难道他去洗澡了？

在这个节骨眼儿洗澡？应该不会吧。这回攀超在，观光船又不在了。

另一边，佐罗力多次瞟向桌上的名贵手表。

这么说来，**佐罗力就是偷手表的人**?!

目前还不能确定……不过，我已经知道了许多事实。虽然现在还不清楚攀超先生的下落，但我也不想拖得太久，赶快开始推理吧！

推理 开始 ▶▶

米克尔的推理

在推理时跳舞能让米克尔的头脑全速运转！

谜团 1 ▶▶ 消失的英雄去了哪里？

此次事件最大的谜团就是攀超到底去了哪里。大家找遍了游艇也没能找到他。就算他掉进了海里，大家也应该能听到声音。目前来看，**他既没在游艇上，也没在海里**，那么……

两次从游艇旁边驶过的观光船 ◀◀ 谜团 2

观光船第一次从游艇旁边驶过时，攀超先生也消失了一段时间。难道说**观光船靠近时，攀超不方便露面**？

谜团 3 ▶▶ 消失的佐罗力

在此次案件中，爱占便宜的佐罗力又出现了。我让大家再次在游艇上寻找，也没有发现乔装成服务员的佐罗力……攀超和佐罗力到底去了哪里呢？

我米克尔一定会找出案件的真相！！

看我的！

给读者的挑战书

攀超到底去哪儿了？

他为什么会消失呢？是有不得不消失的理由吗？

在此次案件中，佐罗力再次添乱，这家伙神不知鬼不觉地出现，又神不知鬼不觉地消失了。

佐罗力究竟在哪里呢？

我们期待你的完美推理。

真相将在“解决篇”中揭晓

解决篇

在案件解决之前，观光船一直停在游艇旁待命。米克尔把相关人员都带到了观光船上，也就是米克尔他们原本乘坐的那艘。为了不被甲板上肆意玩耍的孩子们看到，米克尔把相关人员召集到了离孩子们稍远的地方。

喂，侦探先生，这是怎么回事啊？

为什么让我们到观光船上来啊？

因为接下来，我想请大家看一看……“英雄”的藏身之处！

真……真的吗……你知道攀超在哪里？……哈！他是在这艘观光船上吧。

不，他正好好地待在那艘游艇上呢，至少这一刻是这样。

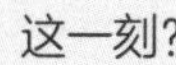

这一刻？

面对目瞪口呆的案件相关人员，米克尔像揭秘魔术般开始了他的推理。

我先从第一个谜团开始解决吧。为什么攀超会消失呢？答案是……他“**需要藏身**”。没错，他是为了避开这艘观光船。

避……避开观光船……那是什么意思？

攀超作为饰演英雄的演员，需要时刻维持自己作为英雄的人物形象。

所以他不能被别人看到和你在一起时开心的样子。

和我……我吗?!

听到米克尔的回答，恶达脸上迷茫疑惑的表情——看到这种表情出现在一个“邪恶组织头目”的脸上还真有点儿怪——凝滞了。这并不是因为他隐藏的什么秘密被发现了，而是他根本不明白米克尔在说什么。

等等，为什么攀超不能和我在一起？我们是一起出演同一个节目的演员啊，而且我们在彼此默默无闻时就互相鼓励，一路走到现在。

你说得对，参加派对的人看到你们两位聊得这么开心，自然不会有什么想法。但也有人不是这样想的……他们可能会认为“**英雄怎么和反派聊得这么开心**”？

不会吧！

我说的正是那些观光船上的孩子！

幼儿园的小朋友们在每个周日的早上都会坐在电视机前，为攀岩侠加油助威。所以不能让他们看到正义的英雄在豪华派对上与邪恶组织的头目相谈甚欢。

所以每当小朋友搭乘的游船靠近时，攀超就会消失不见。

即便如此，在汪洋大海上，攀超又能躲去哪里呢？

是啊，虽然攀超消失的原因已经明了，但还有一个谜团没有解开，就是攀超的“藏身之地”。当然，米克尔已经查明了真相。

这种游艇上常常会有人开派对，因此甲板很宽敞，从外部看游艇自然一览无余。在甲板上无处藏身的攀超为此犯了难，眼看观光船越来越近，攀超绞尽脑汁，最后他终于想到了一处能避开孩子们视线的地方。

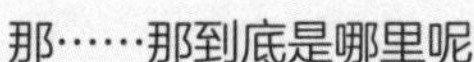

在攀超，不，在攀岩侠的眼里，那个地方是他**熟悉的战场**。我现在就带你们看看。来，把观光船开起来吧！

随着米克尔发号施令，观光船缓缓开动了。
然后观光船偏离原本的航线，绕到游艇的另一侧，停了下来。

大家请看，攀超先生就在……

游艇的船身外壁上！

啊！攀超整个人都贴在游艇上了！

攀超现在的样子，简直就是那位可以轻松爬上大厦与高塔的攀岩侠本人。只有长年扮演攀岩侠的攀超才可能找到这个藏身之处。他一直躲在这里，等待着观光船驶离。

“快……快看！是攀岩侠！”
“真的！为什么？他为什么会出现在这里?!”

英雄出人意料的登场令观光船上的孩子们兴奋地尖叫起来。

为……为什么观光船会出现在游艇的这一侧……
呃……孩子们发现我了。

下一秒，一个声音使事态朝着意料之外的方向发展。

快……快救救我!!

那……那声音……佐罗力?!
你……原来你藏在这里啊!

在游艇后方，乔装成服务员的佐罗力死死地抓着游艇侧壁，似乎随时有可能掉进海里。由于攀超的失踪案引起了大家的关注，偷偷溜上游艇的佐罗力担心自己被人发现，便藏了起来。那块消失的名贵手表此刻正戴在佐罗力的手腕上。

那是成金董事长的手表！果然是你偷了那块表！

这是个误会！啊……糟糕！我……我要掉下去了！

等一下！我现在就去救你！

攀超沿着游艇侧壁爬行，前去营救佐罗力。

就在这时，原本待在观光船上的恶达不知何时出现在了游艇上。接着，这位邪恶组织的头目摆出一副可怕的表情，朝攀超喊道：

哼哼哼，**可没那么简单！攀岩侠**！我现在就开动游艇，把你们通通甩进大海！

恶达先生，你怎么一下子变得这么奇怪?！这一幕和每周日早上播出的《攀岩侠》中的场景一模一样呀！

随着恶达念出台词，游艇开始猛烈地左右摇摆。

但是攀岩侠毫不示弱，单手轻轻抱住摇摇欲坠的佐罗力，将他推到游艇的甲板上。

你没有受伤吧？没有吗？太好了……

攀岩侠，也就是攀超，救了佐罗力。

孩子们看到此情此景，纷纷为攀岩侠欢呼鼓劲儿。呐喊声不断地从观光船上传来。

“攀岩侠果然很帅！”
“今天也是‘败败堂’的头目输了！”
“记住！正义必胜！”

攀超不想让孩子们看到日常生活中脱去英雄外壳的自己，而恶达为了守护挚友的这份心意，即兴演起了反派头目。

他们共同上演的这场救援大戏，让观光船上的孩子们看得目不转睛。

孩子们的样子，就像他们每周日早上在电视机前为攀岩侠助威时一样。

可恶！攀岩侠！你给我记住！
我总有一天会把你打败的！！

恶达丢下这句反派的经典台词后，偷偷地溜去厕所，藏了起来。

紧接着，米克尔大声地说：

感谢攀岩侠！今天也守住了城市的和平！
下集“紧紧相握的手”，将会准时在下周紧紧地揪住你的心！！

米克尔灵机一动，喊出了那句听上去像是下集预告般的台词。他话音一落，不仅仅是幼儿园的孩子们，就连他们的家长和其他的乘客也都贡献了雷鸣般的掌声。

这一幕是本日最佳！就把它放在特别节目中播出吧！
本成金董事长要将预算追加到三倍！

就这样，案件顺利解决了。后来，成金董事长拿出了三倍的预算，制作了《攀岩侠》特别节目——“游艇营救大作战”，节目播出后引起了巨大反响。

成金董事长其实是想让自己的游艇出现在电视上吧，借着这次的事件他如愿以偿了。

不仅如此！听说佐罗力也作为演员出道了。他这次凭借逼真的演技收获了观众的一致好评。

他不就只是拼命抓紧了船侧壁吗？

对了，说到那块名贵手表，好像不是佐罗力偷的。那天佐罗力给猫猫公主帮忙，做“消失术”魔术表演的助手。就在佐罗力想要将手表戴在手上，伪装手表消失的时候，我们上了游艇，于是他就躲起来了。

看来就算佐罗力没做坏事，可只要有他在，就有案件发生。

对了，米克尔，你在播报下集预告时的演技也很不错呢！我看了特别激动！

你要想表扬我的话，还是表扬我的解谜推理能力吧。
（不过……米克尔心里还是很高兴的。）

“无解”的失踪案？消失在海上的英雄

人物档案 2

（梦想成为）世界第一的名侦探

米克尔

立起的清爽头发。其实米克尔每天都会给头发做造型。

能够发出美妙声音的贝壳，这是米克尔的父亲送给他的。

所在学校的校服。由于米克尔长个儿了，衣服变得有些不合身。

喜好

跳舞

擅长

推理

最不擅长应对

佐罗力

对自己的舞步出奇地自信，但很容易感到疲惫。

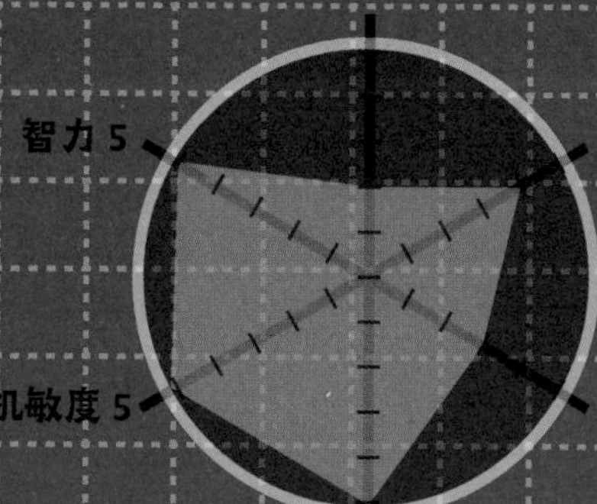

#7

摔裂的游戏机！万众瞩目的电竞对决案

游戏界备受瞩目的“世纪对决”马上就要在丰原竞技场展开。

“有马次郎科长”对战“光麒麟”。两位人气超高的职业电竞选手将会带来一场精彩比拼，在他们各自擅长的“怀旧游戏”和“最新游戏”中三局两胜定胜负！最后的赢家究竟会是谁呢？

就在万名观众翘首期盼着两位选手登台竞技时，比赛场馆内响起了一条令人难以置信的广播播报。

“因突发情况，比赛时间推迟。”

原来就在刚刚，舞台后方发生了重大案件。

“不好了！光麒麟的新款游戏机被人弄坏了！！”

不知道是谁弄坏了光麒麟计划用于此次比赛的游戏机。目前比赛面临被迫终止的危机！

不仅如此——

“在比赛现场的休息室里，有名可疑男子！”

这名可疑男子该不会是……

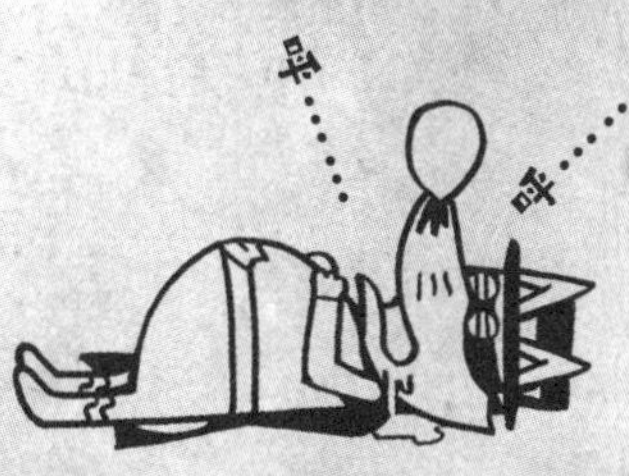

案发现场

垃圾桶里有绷带和清凉贴。

光麒麟的休息室

有着旧人偶挂件的高档包。

一张纸和一支笔。

一台与电视机连接着的复古游戏机。

在干净的地板上昏睡着的佐罗力。

一些盒饭，有几盒饭菜已被吃光。

科长的零食——鱿鱼粟米条。

有马次郎科长的休息室

被损坏的最新款游戏机。

案件相关人员

猫岛

（电视节目导演）

为了提高电视节目的收视率而拼命工作的导演，由他负责比赛的现场直播。此时他正因为本次意外而惊慌失措。

光麒麟

（职业玩家）

通过分享最新款游戏的攻略视频而爆红的新星，光麒麟是一名将粉丝的体验放在第一位的职业游戏选手。

有马次郎科长

（职业玩家）

一位广受欢迎的传奇游戏玩家，总是身穿工装玩以前的老游戏。有马次郎科长的游戏技术一般，然而这却成了他有观众缘的原因。

我从小就是有马次郎科长的粉丝，我特别期待今天的活动！可没想到，呜呜……

卡露塔拼命收集鱿鱼粟米条的抽奖券，终于抽中了 3 张比赛入场券，于是和米克尔、刚介一起来到了比赛场馆。

比赛即将开始时发生这种事，真是谁也想不到！更让我没想到的是，这起案件中居然也有我们的那位“老熟人”。

大约四十分钟前，佐罗力在光麒麟的休息室里呼呼大睡。之后，众人便发现游戏机坏了……

我收集到的线索显示，当时佐罗力声称：“**是光麒麟叫我来的！**”接着就溜进了休息室。

光麒麟是游戏迷眼中的大明星，他有什么事非要找佐罗力来做呢？

我想问问佐罗力坏掉的游戏机是怎么回事，但他睡得像昏过去似的，我完全没法叫醒他。佐罗力是不是睡眠严重不足呀？

米克尔！尽快把案件解决，设法让比赛能够开始吧。因为我……不！应该说全国的游戏迷们都翘首期盼着这场精彩对决啊！

我会以最快的速度解决此次案件，那么让我们马上开始吧！

找到的线索

这次卡露塔负责搜查有马次郎科长的休息室，刚介负责搜查光麒麟的休息室。

线索 1 复古游戏机

这是有马次郎科长使用的复古游戏机，这款机型在我出生前就发售了。

这个游戏机虽然很旧，但没有坏，连接着游戏机的显示器上正显示着游戏画面。

线索 2 新款游戏机

这是光麒麟个人所有的新款游戏机。游戏机被摔到地上过吗？上面有好几条巨大的裂痕呢。

损坏很严重啊，这个游戏机拿在手里特别沉，不知道哪里让我感觉怪怪的……

线索 3 垃圾桶中的东西

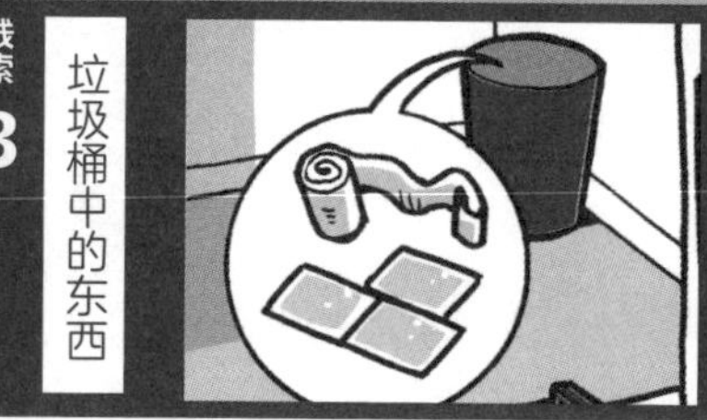

科长斗志高昂时，为了给自己加油打气，会把清凉贴像头带一样固定在额头上。

绷带和打游戏无关吗？清凉贴已经被用掉三张了。

线索 4 纸和笔

这儿有一张纸和一支笔，是不是有人找光麒麟签名了呀？

光麒麟的人气那么高，应该有很多人想要他的签名吧，那纸应该堆积如山才对，这里怎么只有一张？

线索 5 很多盒饭

好多盒饭啊，有几盒已经被吃完了。

呃，从当前情况来看，只能认为是佐罗力吃的，可他吃得也太多了。

线索 6 旧人偶挂件

光麒麟的高档名牌包上挂了一个旧人偶挂件，它看起来有些年头了。

这个破旧的人偶……似乎和谁长得很像，包里有个复古游戏机的操控手柄。

询问情况

询问情况

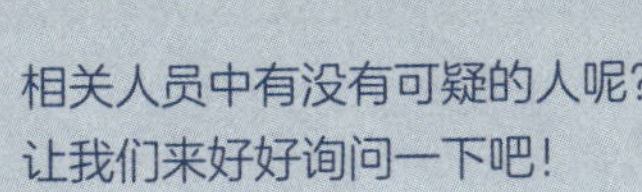

相关人员中有没有可疑的人呢？
让我们来好好询问一下吧！

相关人员 ①

猫岛（电视节目导演）

太让人难受了！如果不出差错的话，这场盛典的直播收视率一定会突破 60% 的，我满怀期待来着。

猫岛导演急得团团转，不断擦去额头上的冷汗。按照原计划，活动中两位选手都会使用他们各自的游戏机，所以大赛举办方也就没准备备用机。

如果有备用机，就不会发生这种事了，你们为什么不准备呢？

因为……“在比赛中使用**选手本人的游戏机**”是光麒麟先生提出的条件。

噢！可能有观众想看职业选手使用自己的游戏机？这也算是给粉丝们的福利吧。

嗯……那……你们是怎么发现这台游戏机坏了的呢？

昨天晚上我们进行了彩排，我把两位选手叫到对方的休息室，测试了一下他们的游戏机能否顺利接上显示器操作，那个时候游戏机还没有问题呢。

那这么说，游戏机是在测试之后坏的……真的是佐罗力搞的鬼吗？

可佐罗力为什么会出现在休息室呢？

他似乎声称自己是被光麒麟叫来的，但猫岛导演对此事并不知情。

猫岛导演说之前有次多亏了佐罗力的策划，节目的收视率才得以提高（详细内容见《怪杰佐罗力 2 寻宝行动》）。但这次猫岛导演并没叫佐罗力来，而且也没听光麒麟说他找了佐罗力。

新线索

电视台工作人员

接着米克尔他们询问了最先发现游戏机损坏的电视台工作人员。

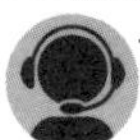

我当时想着，是时候把游戏机安装到舞台上了，于是我就去了光麒麟的休息室。当时大约是活动开始前三十分钟吧，结果我就发现光麒麟的游戏机坏了，休息室里还有个从来没见过的人在睡觉。

他还在睡吗？
出了这么大的事还能睡着，佐罗力还真是逍遥自在啊。

奇怪！佐罗力的黑眼圈好严重啊。

嗯？他是不是一整晚没睡啊？

昨天晚上测试的时候，游戏机还可以正常使用，是在比赛开始前三十分钟被发现坏了的？

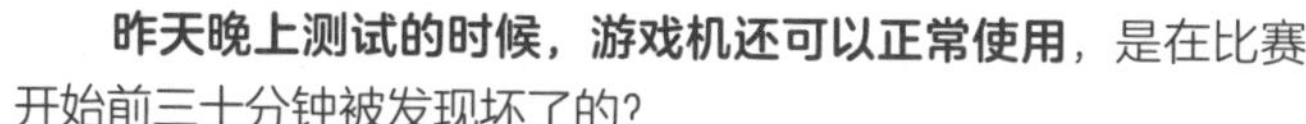

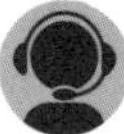

我想了一下……游戏机会不会不是有人故意损毁的，而是某人碰巧撞到了桌子，使游戏机掉到地上了呢？

碰巧掉落会摔出这么严重的裂痕吗？连接线也是那时候脱落的吗？我得想想。

一二，一二……冲刺！跳！

咦？佐罗力是梦见了自己在玩游戏吗？

喂！起来了！……不行，叫不醒他。

无论米克尔如何在佐罗力耳边大声呼喊、摇晃他的身体，佐罗力都没有醒来。

光麒麟（职业玩家）

本以为可以在粉丝面前，将有马次郎科长打个落花流水，可我的游戏机坏成这样，完全办不到了。

在案发现场——光麒麟的休息室里有一台被摔坏的游戏机，旁边光洁的地面上则躺着酣睡的佐罗力。

对决在即，你似乎付出了很大的努力啊。

无论是我，还是我的粉丝都非常讨厌技术很差的职业玩家，所以自然要努力了！**我从懂事起就一直看有马次郎科长的视频**，这么些年来他的技术丝毫没有进步！

嗯？你明明嘴上说着讨厌他，却从很久以前就很关注他了嘛。

呃，嗯，算是吧！我……我要掌握对手的情况嘛。

光麒麟被米克尔发现自己很了解有马次郎科长后显得很慌张，他似乎在隐藏什么。米克尔捕捉到了一丝可疑的气息，继续发问。

佐罗力说他是被你叫来的，这是真的吗？

啊？我不知道啊！不知什么时候他就出现在休息室里了！

除盒饭以外，没有其他东西被偷吗？

没有。我的物品没事。啊，警察先生！那可是价值三百万元的新款奢侈品包，弄坏了你可赔不起啊！

啊……啊！！我尽……尽量不碰它……

（奢侈品包的提手处拴着一个**破破烂烂的挂件**。仔细一看，那是一个**穿着工装打游戏的人偶**……）

相关人员③

有马次郎科长（职业玩家）

接着米克尔他们来到了有马次郎科长的休息室。有马次郎科长的游戏技术虽然很差，但是他非常努力地玩怀旧游戏的样子感动了许多人，从而收获了大量粉丝。卡露塔自称是有马次郎科长的超级粉丝，她带着少见的紧张感敲了敲门。

啊，有马次郎科长！打……打扰您了！我……从小就是您的超级粉丝！啊……能见到您，我非常激动！

谢谢你呀！你一定是被我的超级玩法给迷住了吧！

啊！科长的过人之处就是技术很差呀！

哈哈！别说得这么直白嘛！

因为此次的意外事件，比赛不得不推迟了。按说有马次郎科长此刻的心情应该十分复杂才对，但他依旧微笑着迎接了卡露塔一行人。真不愧是长期给粉丝们带来欢笑的娱乐明星。

这间屋子里有没有损失什么东西？

完全没有！既没有东西坏掉，也没有东西被偷！我爱吃的鱿鱼粟米条也完好无损，机会难得，要不要尝一根？

有马次郎科长边说边想要打开装零食的盒子，突然他的笑容消失了，取而代之的是一副痛苦的表情，装零食的盒子掉到了地板上。

好痛……不好意思啊。

米克尔看到科长的样子，瞬间意识到了什么。

科长看上去很痛苦。我记得垃圾桶里有绷带和清凉贴，难道说……

米克尔的推理

如果将推理比作一场游戏的话，舞蹈就是必杀技。米克尔跳着舞，大脑全速运转。

谜团 1 ▶▶ 新款游戏机坏掉的原因

游戏机机身上出现严重的裂痕，难道是偷溜进休息室的佐罗力捣的鬼？还是他撞到桌子，碰巧把游戏机撞到了地上？如果不是佐罗力，**还有其他可能的嫌疑人吗**？

被丢弃的绷带和三张清凉贴 ◀◀ 谜团 2

我们在有马次郎科长休息室的垃圾桶里发现了绷带，也许是他自己用完后扔掉的吧。此外还有三张被科长当作头带使用的清凉贴也被扔进了垃圾桶。如果只是贴在额头上，明明一张就够了。**难道是用来冷却其他东西的？**

谜团 3 ▶▶ 高档包和破旧的人偶

虽然光麒麟先生一直在打马虎眼，但**那个人偶确实是有马次郎科长的模样**。为什么要在新品高档包上挂一个破破烂烂的人偶呢？而且光麒麟不想让别人碰他的包，这一点也很可疑。

我米克尔一定会找出案件的真相!!

看我的！

给读者的挑战书

光麒麟先生的最新款游戏机为什么坏了？

究竟是谁弄坏的呢？

聪明的小读者们

一定能抵达名为真相的终点。

我们期待你的完美推理。

真相将在“解决篇”中揭晓

解决篇

谜团解开了。
让这场游戏到此为止吧！

米克尔将相关人员都叫到案发现场——光麒麟的休息室。休息室里，佐罗力依旧躺在地上，呼噜声震天。

那么，侦探先生，请告诉我，活动可以继续了吗？

现在还想着活动？你想早点儿播出的心情我能理解，但当务之急难道不是找出嫌疑人吗？

既然导演这么说，那我就先说结论吧！**弄坏光麒麟新款游戏机的人……并不是佐罗力。**

吧唧吧唧（像是在吃什么东西），看，我是无辜的吧，吧唧……

天哪！佐罗力的梦话说得太清楚了！

米克尔口中那句“并不是佐罗力”，太出人意料了。

那会不会是佐罗力撞到桌子后，桌子晃动，让游戏机掉下来了呢？

刚介，你能帮我把坏掉的游戏机拿过来吗？

好的，我这就去！……啊，真沉啊，它的**重量相当于等大的石头了。**

要是这么沉的话，**桌子被撞后的轻微摇晃是不会令游戏机掉下来的**！

没错没错！吧唧吧唧……

游戏机既不是佐罗力弄坏的，也不是意外摔落的，那么它到底是怎么坏的？

答案只有一个。那就是另一个能够进入这个房间的人将游戏机砸坏了。我说得没错吧？

啊?！我……我吗？

光麒麟明显有些惊慌失措。他因高超的游戏技术而受到大众喜爱，如果让此刻的他玩游戏的话，一定会失误连连吧。

要想将游戏机机身破坏到这种程度，就必须拿起沉甸甸的游戏机用力往下砸。能做到这一点且不让其他人看到的人，也就只有可以自由进出这间休息室的你了。

请等等！光麒麟为什么要在活动开始前做这种事呢？这么做对他自己有什么好处？

这正是我想问的！侦探先生，请把话一次性说清楚！

结果，米克尔指定了一个谁也想不到的人来解开这个谜团。

有马次郎科长，我有件事想拜托你，能帮我把坏掉的游戏机拿起来吗？

呃，让我拿啊？我是专门玩怀旧游戏的，拿着和饭盒一样大的新款游戏机也不符合我的形象啊。

你不是不想拿，而是此时根本拿不起来吧？没错，**因为你的手臂现在很疼。**

天哪！手臂疼？
难道那个绷带和清凉贴是用来……

没错，是用来缓解手臂疼痛的。

"还是被发现了啊！"有马次郎科长一边笑着说，一边挽起袖子。他的手臂上贴着清凉贴，上面缠着绷带。自几天前起，他就因为过度玩游戏而导致手臂疼痛。

可是，米克尔，这和此次案件有什么关系呢？

导演，你说过在昨天晚上测试游戏机的时候，你把两位选手叫到了彼此的休息室吧？

是啊，没错。我也是想让他们互相打个招呼……

光麒麟先生，那时候你应该就注意到科长手臂疼痛了吧，于是——

米克尔停顿了一下，接着向光麒麟发出“致命一击”。

你不能让粉丝们看到自己和状态不佳的有马次郎科长进行对战。

米克尔做出如下推理：这是一场在游戏界备受瞩目的巅峰对决，光麒麟先生无论如何都想让观众获得最佳的观赛体验。光麒麟先生认为，在有马次郎科长手臂受伤的状态下与之对决，并不能让观众享受这场战斗。于是光麒麟先生为了终止活动，在临近比赛开始时，摔坏了自己的游戏机……

哈哈哈，真是有趣的推理啊，米克尔侦探！我确实注意到了科长手臂疼，可我是来打败他的呀！我有必要那么做吗？

听我说完，我的推理就要进入尾声了。

开始吧！你与我的推理对战。

在活动开始前，“米克尔 vs 光麒麟”的推理对决拉开帷幕。

米克尔的大脑全速运转。就像在格斗游戏中用连续的普通攻击为必杀技积攒能量一样，米克尔将自己的推理一个接一个地抛向光麒麟。

首先是**签名纸**，像你这样拥有高人气的电竞明星，应该会有很多人找你签名吧。但**这里只有一张**……

如果你想将签名发给大家的话，那也需要更多的纸才对。而这只能说明事实正好相反。

啊？你说什么相反？

今天，你不是给人签名的一方，而是**索要签名的一方**。

哈哈哈！开什么玩笑？我和谁要签名？

这就是证据。

米克尔毫不让步地把证物出示给光麒麟。

就是这个**破旧的人偶挂件**。这个人偶怎么看都和这个闪闪发光的名牌包不相配。

那……那又怎么了？
这和我们现在讨论的问题没有任何关系吧！

有关系，这个包是新款包。

也就是说，**你换了新包后，还特地将人偶拆下来挂上**。它这么破旧，恐怕是你从小不离身的物件吧。这个**有马次郎科长形象的人偶**……

啊……别……别说了，别再说了！

此时，“必杀技能量条”已满，米克尔使出了他“最后的绝杀”。

你从小就是有马次郎科长的超级粉丝！

啊！！！我输了。

原来光麒麟从小就是有马次郎科长的超级粉丝，他怀着“总有一天我要成为像有马次郎科长一样的人”的想法，不懈磨炼自己的游戏技能，逐渐成长为一名电竞高手。终于，他收到了一个活动的邀请，将有机会和自己钦佩已久的偶像对决……

和科长一起打游戏是**我多年来的梦想**。我很感激节目组的邀请，就接受了。

然而，我的游戏技术高超，科长却玩得很差，如果我们两个人认真地一决高下的话，毫无疑问，比赛一定是我赢。游戏迷们看到这个结果真的会高兴吗？我最近一直因为这件事而烦恼……

光麒麟先生，你说话的方式突然变得正经起来。

光麒麟平时那种强硬的语气不见了，此刻站在这里的是一位在仰慕已久的偶像面前抒发自己内心想法的青年。

啊，是谁说“讨厌技术很差的职业玩家”来着？

那是假话，我内心完全没那么想过。从我的人设角度来看，我秉持这种态度可能会让粉丝们高兴。但说实话，我并不想对偶像有马次郎科长说那种话……对不起。

没关系，没关系。不过我也很努力地练习了好久，不比试一下，也不知道谁赢谁输嘛。

可如果因为过度练习而受伤的话，那就得不偿失了！

我想着不特训一定赢不了，一不小心就……

在昨晚测试游戏机时，我发现科长隐瞒了手臂的伤痛，于是我更想要终止活动，就采取了这个办法。

光麒麟无法接受和与自己实力悬殊的有马次郎科长对决，出于让观众看得尽兴的想法，也不能故意输掉比赛。知道科长受伤后，光麒麟终于下定了决心。可能他的举动会让粉丝们不开心，但光麒麟并不想让自己崇拜的科长强撑着参赛，于是采取了行动。

你认为只要破坏了游戏机，**就可以不进行对决了吗**？

是的。我之所以提出“使用玩家自己的游戏机”这一规则，也是出于私心，我想亲眼看看有马次郎科长常年使用的游戏机是什么样子的。不过正是因为这样，节目组没有准备备用游戏机，当我发现科长手臂受伤后，就趁机弄坏了自己的游戏机，从而终止活动。

等等！新款游戏机的机身被摔得很严重吧？那应该有碎片才对！

哎！是呀！可休息室地上什么都没有呀！

询问相关人员的时候，米克尔他们看见光麒麟休息室的地板上干干净净的，一点儿灰尘也没有，根本看不见摔裂的游戏机碎片。

原来如此，恐怕**这台摔坏的游戏机是假的**。

等等……啊！游戏机里面都是黏土！

我已经猜到了，如此热爱游戏的人是不可能损坏游戏机的。

不愧是我崇拜的偶像，被您看穿了啊。

昨天晚上测试结束后，光麒麟立刻抓紧时间制作了一台看上去已经损坏的游戏机，然后今天他若无其事地走进休息室，将真正的游戏机装进包里，再把那个看上去损坏的假游戏机放进房间。

我把这个千载难逢的活动搞砸了，实在是无颜面对科长和粉丝们。

作为职业选手我真是太不专业了。

这时，响彻房间的鼾声戛然而止。本来熟睡的佐罗力一下子站了起来。

嘿嘿！也就是说，案件与我无关！

哎呀，都这个时间了呀，虽然我还想继续睡觉，但是也要抓紧工作了。

佐罗力！你居然狸猫假寐*……

不，应该叫狐狸装睡！

工作？什么工作啊？

呃……我还撒了另一个谎，**其实是我把佐罗力叫过来的。**

单有对决不好玩，要采用与以往**不同**的形式将活动推向高潮！来吧两位，一起到舞台上去吧！

*** 日本谚语，以狸猫睡觉来比喻装睡逃避问题。**

啊！听起来好有趣啊！走吧，光麒麟！

在台下苦苦等待的粉丝们激动地欢呼着，有的给有马次郎科长欢呼，有的给光麒麟鼓劲儿。科长和光麒麟回应着粉丝们的欢呼声，跑向舞台，佐罗力也跟了上去。

大家好，让你们久等了！活动这就开始！有马次郎科长和光麒麟二人即将开始通过对决……不，通过**合作**来打败强敌！

佐罗力成了主持人？

组队打游戏……还有这招？真不愧是佐罗力！这样收视率肯定高！

不知为何佐罗力竟成了主持人，活动开始了。

游戏画面不是“对战模式”，而是“合作模式”。

两位电竞明星用有马次郎科长的复古游戏机齐心协力对抗强敌。这对梦幻组合带来的精彩合作立刻点燃了场馆的气氛。

就这样，案件顺利解决了。节目创下了 70% 的收视纪录。猫岛导演非常高兴，据说还要安排续篇。

科长和光麒麟的组合是最棒的！

光麒麟居然紧急委托佐罗力担任活动的策划人！
据说是因为他曾听猫岛导演赞扬过佐罗力策划能力强。

采用合作的玩法，而非对抗，真是个好点子啊！
看来请佐罗力过来是正确的。

一说到游戏比赛，人们首先想到的往往是“对抗”，不过合作的玩法确实更充分地调动了观众的积极性。

是啊，不只是游戏，解谜也是一样的。世界上还有很多事情，只要稍微改变一下看待方式，就会变得不一样。只要不放弃，肯尝试各种方法，就会找到答案。就像这次佐罗力做的那样！

天哪！米克尔居然在表扬佐罗力呢！

我……我才没——有！

摔裂的游戏机！万众瞩目的电竞对决案

《怪杰佐罗力与侦探少年》下一册的内容是……

具体内容如有更改，不会提前告知。

まじめにふまじめミステリー　ナゾロリ　かなしみのデカもりチャーハン事件
Majime ni Fumajime Mystery Nazorori Kanashimi no Dekamori Chahan Jiken

Originally published in Japan in 2023 by Poplar Publishing Co., Ltd.
Simplified Chinese translation rights arranged with Poplar Publishing Co., Ltd.

著作权合同登记号　图字：01-2024-3938

图书在版编目（CIP）数据

令人尖叫的涂鸦事件 /（日）岐部昌幸著 ;（日）花小金井正幸绘 ; 王俊天译 . -- 北京 : 北京科学技术出版社, 2025. --（怪杰佐罗力与侦探少年）. -- ISBN 978-7-5714-4495-2

Ⅰ . I313.85

中国国家版本馆 CIP 数据核字第 20252LS272 号

策划编辑：韩贞烈　张心然
责任编辑：李珊珊
责任校对：祝　文
图文制作：天露霖
封面设计：源画设计
责任印制：吕　越
出 版 人：曾庆宇
出版发行：北京科学技术出版社
社　　址：北京西直门南大街16号
邮政编码：100035
电　　话：0086-10-66135495（总编室）
0086-10-66113227（发行部）
网　　址：www.bkydw.cn
印　　刷：北京顶佳世纪印刷有限公司
开　　本：889 mm × 1194 mm　1/32
字　　数：97千字
印　　张：4
版　　次：2025年5月第1版
印　　次：2025年5月第1次印刷

ISBN 978-7-5714-4495-2

定　　价：45.00元

怪杰佐罗力与侦探少年 2

巨型机器人遇害事件

原裕/原创
〔日〕岐部昌幸/著
〔日〕花小金井正幸/绘
王俊天/译

北京科学技术出版社
100层童书馆

本书使用说明书

- 本书由六个案件构成
- 所有案件均不属于恶性案件
- 主人公并不是佐罗力
- 主人公是少年侦探米克尔一行人
- 出场人物的对话中隐藏着许多破案线索

本书阅读方法

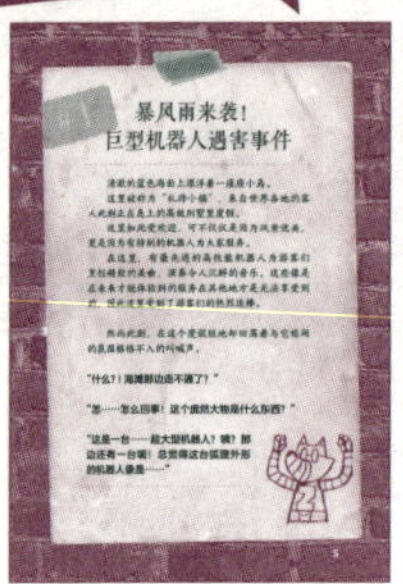

暴风雨来袭！
巨型机器人遇害事件

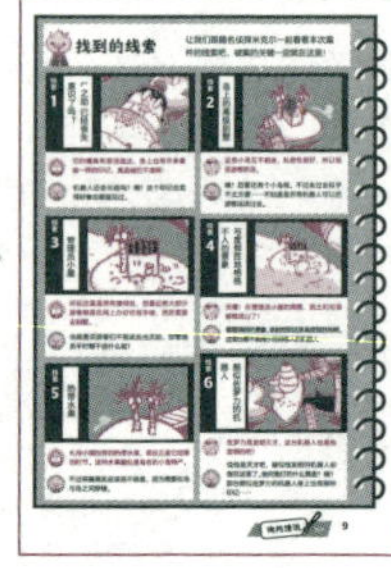

1 前情引入

叙述案件的开端，解谜之旅从这里开始！

2 案发现场

在这里可以确认案发现场的情况及与案件有关的人员。不要错过任何重要的证据哟！

3 找到的线索

米克尔一行人列出的留在案发现场的线索。

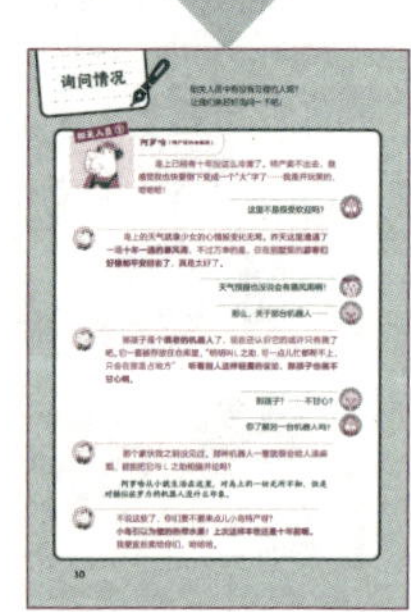

6 解决篇

案件终于要解决了……可佐罗力的举动有些可疑……

5 米克尔的推理

米克尔根据目前掌握的信息开始推理！也请好好阅读“给读者的挑战书”哟！

4 询问情况

在这里可以向案件相关人员询问情况，找出破案的关键线索。

本书主要出场人物

怪杰佐罗力

梦想成为“恶作剧之王”的狐狸，正在四处旅行。

卡露塔

喜欢推理、喜欢与人交谈、从不认生的女孩。可以凭借超强的沟通能力，让案件相关人员将其了解的情况和盘托出。直觉敏锐，有时会协助米克尔推理。她出生在一个闲适安宁、远离海洋的地方，喜欢玩纸牌游戏。

米克尔

智商 190 的天才少年，也是一位名侦探，他和同伴刚介、卡露塔齐心协力解决了很多案件。不过一碰上与佐罗力有关的案件，他的破案节奏就会被打乱，有时破案状态也会变差！米克尔可以通过跳拿手的舞蹈，让自己的大脑全速运转。

刚介

梦想成为刑警的少年。因为外表看上去成熟稳重，在案发现场总被误认为是经验丰富的警察。所以有时候即使刚介没有发问，目击者也会主动提供线索。

目录

#1

暴风雨来袭！
巨型机器人遇害事件

清澈的蓝色海面上漂浮着一座座小岛。

这里被称为“礼待小镇”，来自世界各地的客人此刻正在岛上的高级别墅里度假。

这里如此受欢迎，可不仅仅是因为风景优美，更是因为有特别的机器人为大家服务。

在这里，有最先进的高性能机器人为游客们烹饪精致的美食，演奏令人沉醉的音乐。这些像是在未来才能体验到的服务在其他地方是无法享受到的，因此这里受到了游客们的热烈追捧。

然而此刻，在这个度假胜地却回荡着与它悠闲的氛围格格不入的叫喊声。

“什么？！海滩那边走不通了？”

“怎……怎么回事！这个庞然大物是什么东西？”

“这是一台……超大型机器人？咦？那边还有一台呢！总觉得这台狐狸外形的机器人像是……”

案发现场

另一台看上去很像佐罗力的机器人也倒下了，且同样呈“大”字形。

一台倒下的，呈“大”字形的破旧的巨型机器人。

每座小岛上都建有豪华别墅。

机器人的身体上有许多斑斑点点的印记。

许多往来船只停滞在这里。

管理员小屋周围堆积了大量泥土和垃圾。

树上结了很多热带水果。

案件相关人员

阿罗哈
（特产店的老板娘）

生活在岛上的居民，对岛上的事无所不知。她是一位性格开朗的老板娘，她的店里主要销售当地的土特产。

马迪
（博士）

一位天才发明家，目前正在研发能在礼待小镇上大显身手的高性能机器人。

声华
（管理员）

小岛的管理员，曾经是乐队成员。他最爱的耳机里总是高声播放着音乐。

L 之助
（机器人）

破旧的巨型机器人，正呈“大”字形仰面躺在海水里。

—— 天气 晴☀/气温 24℃　礼待小镇的沙滩上 ——

真是令人意外啊！
此次案件的**受害者竟然是机器人。**

米克尔他们在商店街抽奖时抽到了礼待小镇的招待券，于是米克尔、刚介、卡露塔三人兴高采烈地来到了岛上。但迎接米克尔一行人的是这样一桩奇特的案件。

说到机器人，我脑海中都是很炫酷的形象。不过眼前这台机器人**倒下的姿势可不雅观**，不像是高性能机器人该有的样子。

破旧的巨型机器人L之助呈“大”字形躺倒在海面上，它的身体挡住了平时行船的航路，因此来往的摆渡船只能绕道而行。

从我收集到的信息来看，大家都说“没见过如此巨大且古旧的机器人”。

咦？礼待小镇上不是有很多机器人吗？

喏，这是宣传册。在岛上提供服务的都是外观很时髦的现代化机器人。

礼待小镇上用于接待游客的机器人拥有人形智能外观且性能极强，不仅会买菜、做饭，还会打扫卫生。岛上并没有这样的巨型机器人。

这么说来，这台巨型机器人是从别处来的咯？

嗯，出于某种原因，它轰然倒下了。不过，更让我在意的是另一台机器人……

这台机器人怎么看都像**佐罗力**啊。

两台机器人躺在海面上，一台是酷似佐罗力的机器人，另一台是L之助。无论哪台，都不是礼待小镇的机器人。

接下来，该轮到名侦探米克尔出场了！

我出场？
这算得上一起案件吗？

这样下去，我们就不能去海里游泳了。为了我们能好好享受假期，拜托你了，米克尔！

的确，那台酷似佐罗力的机器人也让我不太放心，那好吧！我米克尔一定能找出真相！然后和大家一起尽情享受大海和晚餐！

找到的线索

让我们跟随名侦探米克尔一起看看本次案件的线索吧，破案的关键一定就在这里！

线索1 厂之助已经丧失意识了吗？

它的嘴角有原油流出，身上也有许多像痣一样的印记，真是破烂不堪啊！

机器人还会长痣吗？咦？这个印记总觉得好像在哪里见过。

线索2 岛上的高级别墅

这些小岛互不相连，私密性很好，所以很受游客欢迎。

咦？后面还有个小岛呢。不过走过去似乎不太方便……不知道是否有机器人可以把游客运送过去。

线索3 管理员小屋

听说这里虽然有接待处，但最近绝大部分游客都是在网上办好住宿手续，然后直接去别墅。

也就是说游客们不到此处也无妨，那管理员平时都干些什么呢？

线索4 与度假胜地格格不入的景象

天哪！在管理员小屋的周围，泥土和垃圾都堆成山了！

看着眼前的景象，谁能想到这里是度假胜地啊。这里也看不到用于招待客人的机器人……

线索5 热带水果

礼待小镇独有的热带水果，现在正是它结果的时节。这种水果貌似是有名的小岛特产。

不过采摘果实应该很不容易，因为需要在岛与岛之间穿梭。

线索6 酷似佐罗力的机器人

佐罗力是发明天才，这台机器人也是他发明的吧？

说他是天才吧，疑似他发明的机器人却倒在这里了。他究竟打的什么算盘？咦？那台酷似佐罗力的机器人身上也有那种印记……

询问情况 ▶▶

询问情况

相关人员中有没有可疑的人呢？
让我们来好好询问一下吧！

相关人员 ①

阿罗哈（特产店的老板娘）

岛上已经有十年没这么冷清了。特产卖不出去，我感觉我也快要倒下变成一个“大”字了……我是开玩笑的，哈哈哈！

这里不是很受欢迎吗？

岛上的天气就像少女的心情般变化无常。昨天这里遭遇了一场**十年一遇的暴风雨**，不过万幸的是，住在别墅里的**游客们好像都平安回去了**，真是太好了。

天气预报也没说会有暴风雨啊！

那么，关于那台机器人……

那孩子是个**很老的机器人**了，现在还认识它的或许只有我了吧。它一直被存放在仓库里，“明明叫L之助，可一点儿忙都帮不上，只会在那里占地方”，**听着别人这样轻蔑的议论，那孩子也很不甘心啊。**

那孩子？……不甘心？

你了解另一台机器人吗？

那个家伙我之前没见过。那种机器人一看就很会给人添麻烦，能别把它与L之助相提并论吗？

阿罗哈从小就生活在这里，对岛上的一切无所不知，但是对酷似佐罗力的机器人没什么印象。

不说这些了，你们要不要来点儿小岛特产呀？
小岛引以为傲的热带水果！上次这样丰收还是十年前呢。
我便宜些卖给你们，哈哈哈。

相关人员②

马迪（博士）

本人就是天才发明家——马迪，是我发明了礼待小镇的现代化机器人，并对它们进行着完美的操控与管理。

天哪，介绍自己时还加上了“天才”这个词！

不过，这会儿好像哪里都看不到你引以为傲的机器人了呢。

哎！昨天晚上出现了意料之外的暴风雨，简直太糟糕了。

天才发明家马迪亲手打造的机器人可以在普通的雨量下工作，但终究扛不住十年一遇的暴风雨，纷纷停止了运作。据马迪说，机器人们现在正在各自的别墅中待机呢。

对了，你了解那台倒下的巨型机器人吗？

我根本不知道岛上居然还有如此老旧的机器人！今天早上，我对那台机器人的机体进行了扫描，经检查，我发现那家伙的性能只有我发明的机器人的十分之一，但它的大小是我发明的机器人的十倍！那台机器人的个头巨大，速度却和自行车一样慢，真是个奇怪的“交通工具”啊！

你说的“交通工具”是什么意思？

要想让那台巨型机器人动起来，需要驾驶员操控。

必须有人坐进去吗？

L之助机器人必须有人驾驶，否则就动不了。马迪说它太旧了，应该很少有人知道怎么操控它。

另外，L之助机器人里面的驾驶员也已不知所终。

其实，我也**扫描过另一台机器人**，那台机器人的工艺还是相当不错的，不知道它为什么会倒在那里。顺便一提，那台**机器人也需要驾驶员。**

相关人员③

声华（管理员）

因为昨天的暴风雨，管理员小屋的周围堆积了大量垃圾和泥土，形成了一座土山。门的下半部分都被这土山掩住了。

我按了门铃，没有反应啊……

啊！**门打不开，管理员是不是被困在里面了？**

刚介将门前的泥土和垃圾铲走，用身体咣咣往门上撞。这时，门突然开了。

喂！从刚才起，叮叮咣咣搞出巨大动静的人就是你吗？这是门！不是鼓啊！

你就是管理员？你没事吧？

咦？你刚才是和我说话了吗？

管理员声华懒洋洋地问道。他的耳朵上戴着一副耳机，从里面传出震耳欲聋的音乐声。看样子用常规的音量和他搭话，他根本听不见。

我们想向你了解昨晚的情况！

停！我已经把耳机摘下来了，能听见你说话！你问昨晚？昨晚可真是硬核的摇滚之夜啊！

呃，用音乐来比喻暴风雨？我是想问**昨晚在这里留宿的游客们都平安无事吧**？

小可爱，你就放心吧，就算游客们**不来这间管理员小屋，也可以在网上办理退房手续离开**的。

说着，声华拿出手机，给大家展示了只有管理员才能看到的别墅预约界面，屏幕上显示客人已全部退房。

差不多可以了吧？管理员很忙的，工作节奏简直快到 8 拍，不，有 16 拍那么快。拜托你们不要再让我返场了。

推理 开始 ▶▶

米克尔的推理

一边跳舞一边推理，米克尔的大脑全速运转！

谜团 1 ▸▸ 究竟是谁，他为什么要启动 L 之助呢？

沉睡在仓库里的古老巨型机器人为何会在**十年一遇的暴风雨来临时“苏醒”，又为什么会呈“大”字形仰面躺在海水里呢？**

还有，究竟是谁驾驶了 L 之助呢？

暴风雨和全员避险的留宿游客 ◂◂ 谜团 2

突如其来的暴风雨袭击了这些小岛，管理员小屋的门几乎被暴风雨卷来的垃圾和泥土堵住了。但万幸的是，**在暴风雨变猛烈之前，留宿的游客们都逃离了小岛，平安回去了。**机器人到底是在什么时候倒下的呢？

谜团 3 ▸▸ 酷似佐罗力的机器人

佐罗力每次都会出现在案发现场，有时昏迷，有时呼呼大睡，增加了米克尔的推理难度。这次也不例外。**案发现场多了一台呈“大”字形倒下的酷似佐罗力的巨型机器人，使整个案件变得复杂起来。**那台酷似佐罗力的机器人为何会出现在这里？

给读者的挑战书

案件的受害者是巨型机器人?
案件的受害者是巨型机器人?
到底是谁制造了这起惊人的案件呢?
真相正在渐渐浮出水面……
我们期待你的完美推理。

真相将在“解决篇”中揭晓

解决篇

把大家聚集在一起不为别的……

此次案件，也可以称为“巨型机器人遇害事件”的真相已经大白！嫌疑人就在你们之中！

米克尔把相关人员集中到海岸边的安全地点，高声宣布道。

我的主唱名侦探大人哟，你发自灵魂的呐喊声固然很有气势，可凡是机器人都有坏的时候，把机器人当受害者，也太奇怪了吧。

胡说！我发明的机器人可不会轻易坏掉！
别把我发明的机器人和那些老古董混为一谈！

好了好了，你们不要吵了。话说回来，名侦探先生，你的话可真有意思，让我们听听后续吧。

嗯，破案的关键就是昨晚发生的事。
当然，大家应该都知道昨晚发生了什么吧。
除了一人……

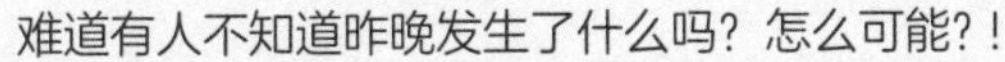

难道有人不知道昨晚发生了什么吗？怎么可能？！

呵呵呵，**那个人应该直到刚刚才发现，岛上已经发生了翻天覆地的变化**……我说得没错吧，声华先生？

住嘴！我觉得你的呐喊声听起来有些像噪声了，我再也无法装作听不见了。

那我来问问你吧，你能告诉我昨天晚上岛上发生了什么事吗？

又来了！
我不是说过了吗？**昨晚是硬核的摇滚之夜。**

没错，刚才你也是这么说的……
哎呀？这声音……

声华的头戴式耳机中传出了激昂的音乐，叮叮咣咣的。

他口中的“硬核的摇滚之夜”该不会是指……

没错。他并不是借音乐比喻昨晚的暴风雨，**只是单纯地开大音量，听了一整夜的硬核摇滚乐。**

什么?！你身为管理员，居然上班时间偷懒，没在岛上巡逻！

住嘴！你们说我偷懒的证据在哪里？

我当然有证据了，你看那边。

那不是……管理员小屋的门口吗？

阿罗哈诧异地看向管理员小屋门口，那里依旧残留着大量垃圾和泥土。

今天早上，你的门被垃圾和泥土堵住了。
也就是说，在我们前去询问之前，门一直都是关闭状态。

那又怎么样呢？
这种虚张声势的喊叫，根本吓不到我。

那么，这些垃圾和泥土是在何时，又是怎样堆起来的呢？是暴风雨将垃圾和泥土冲到海岸边，然后**某个东西像墙一样挡住了它们，使垃圾和泥土越积越多。**

某个东西？该不会是……

没错！就是**L之助的双腿**。

呀！L之助的双腿确实像墙一样！

大家又看了一眼案发现场，发现L之助的双腿大大地张开，阻止了泥沙流到各个岛上。

暴风雨带来的垃圾和泥土堵在门口，这恰恰证明了你昨晚没有踏出屋门一步。

你竟然没注意到如此猛烈的暴风雨！这是管理员的失职！

可恶！偷懒是我不对！但那台机器人和我一点儿关系都没有！

你没出门，就意味着你完全不知道巨型机器人的存在。L之助需要驾驶员操控，声华先生并不是让它动起来的那个人。

说得漂亮！也就是说，**我不在被怀疑的名单中了吧**？

偷懒的事实间接证明了管理员声华与此次案件无关。那么究竟是谁让巨型机器人倒下的呢？

说起你们之中**对机器人十分了解的人**……

那当然是马迪了。如果没有他发明的机器人，这片岛屿也不会成为人气度假胜地，我们大家都很感谢他呢。

可我根本不了解那么古旧的机器人啊！

你说得没错。正因为你是机器人专家，所以你不会将机器人丢在那里不管。

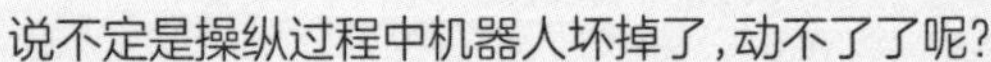

说不定是操纵过程中机器人坏掉了，动不了了呢？

马迪博士发明了那么多高性能机器人，他有必要在遭遇暴风雨的夜晚特意启动需要驾驶员的L之助吗？

那么，到底是谁让巨型机器人躺成了“大”字形呢？

应该很明显了吧？只剩下一个人了……没错……

米克尔伸出手臂，指向了那个人。

嫌疑人是阿罗哈！

喂，名侦探呀，特产店的老板娘不可能放倒如此巨大的机器人吧？

是啊，她就算力气再大，也不可能将那么大的机器人放倒，不过有一种方法除外。

什么方法呢？

阿罗哈女士亲自驾驶 L 之助，让它动起来。

什么？等等！那么古老的机器人，操纵起来应该很困难吧！你有证据证明是她所为吗？

之前我们向老板娘询问情况的时候，她叫那台机器人“孩子”，还说它被人瞧不上很不甘心呢。

我觉得**老板娘对 L 之助有特殊的感情。**

这就是你给出的解释？你这不清不楚的臆测，简直像一首不着调的苦情歌。

我确实没有亲眼看见她操纵机器人。

不过通过我不断收集各种线索，那名为“真相”的交响乐章已经创作完毕了。

接着米克尔化身“结案”管弦乐团的指挥者，开始展示他刚刚谱好的“真相”交响乐章。

首先，**昨天的暴风雨**连天气预报都无法预测。但**长年住在岛上的人可能会有所察觉。**

确实，阿罗哈女士在接受调查时曾说过，十年前也经历过同样的暴风雨。

阿罗哈就像古典音乐会的观众一样，静静地听着米克尔的推理。

如果老板娘能够预测到暴风雨即将来临，那么她应该会竭尽全力，保护心爱的岛屿和游客们吧。

可是，在狂风暴雨中，仅凭阿罗哈女士一人之力，什么都办不到吧？

于是**为了保护岛屿和游客们，她才把 L 之助从仓库里取出来并启动了。**

保护游客们？ L 之助倒下的姿势那么难看，难道不是由于操控失误吗？

哈哈哈，刚介，你在说什么啊。
阿罗哈女士的操控不是很成功嘛！
你刚才在管理员小屋也看到机器人的腿了吧？

什么？不会吧！是**为了防止泥沙流向各个小岛，阿罗哈才故意将 L 之助摆成那样的姿势吗**？简直难以置信啊！

没错。将L之助机器人摆成那种别扭的姿势，其实是为了防止暴风雨带来的大量泥沙流入游客们所在的别墅。

米克尔奏响的名为“真相”的交响乐章即将迎来高潮。

机器人身上的那些印记……没有让你联想到什么吗？

从形状来看……难道是脚印？

是的。那么，让我们再去案发现场确认一下L之助的头和四肢的具体位置。

接下来的一瞬间，马迪和声华几乎同时发出了惊人的尖叫。

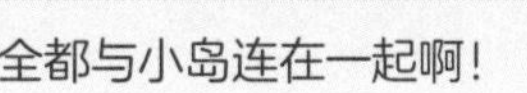

全都与小岛连在一起啊！

在机器人的身上留下了许多由脚印连成的印记，也就是说，这……

是的！**留宿的游客们将L之助的身体当作桥梁，踩着它朝海岸方向撤离了。**

L之助原本那种难看的姿势，俨然变成了英雄的姿态。在风雨大作的夜晚，L之助作为桥梁，拯救了许多人的生命。

哈哈哈，侦探先生，干得漂亮，驾驶那孩子的人正是我。

不过，太让人意外了吧！
阿罗哈居然能让机器人动起来……

其实我的父亲是机器人研发者，是他发明了L之助。在我小时候，父亲经常带着我驾驶L之助，不知不觉间我就学会了驾驶L之助的方法。

L之助体形庞大，行动迟缓，所以马迪研发的高性能机器人取代了L之助，在岛上被广泛应用。于是在很长一段时间里，L之助只能躺在仓库里。

昨天，阿罗哈女士预感到十年未曾出现的暴风雨即将来临，于是请出了L之助帮忙。

十年前，水果也迎来了大丰收。

昨晚的海风散发出的气息与十年前的一样——那是暴风雨即将来临的气息。

昨天，阿罗哈启动L之助，在暴风雨变得迅猛之前，故意把L之助放倒，摆成一个“大”字，使之成为连接岛屿的桥梁。

可是，这么重要的搭档，为什么事后却放着不管了呢？暴风雨已经停了，游客们也都回去了。

哎呀，这肯定是因为还有需要帮助的伙伴啊。

“伙伴”是指在这里工作的机器人吗？

别墅内还有许多停止工作的机器人。对把L之助当成自己的孩子般疼爱的阿罗哈来说，在岛上工作的招待机器人也是她的重要伙伴。

太奇怪了！机器人重新开始活动了。有人把它们修好，聚集到一起了？

马迪手里的平板电脑显示，机器人不知为何都聚集在一栋别墅内，重新开始工作了。

大家一起过去看看吧！

走过L之助的身体架成的连接桥，大家来到了重新启动后的机器人所在的别墅，映入眼帘的是一派惊人的景象。

这种热带水果比传说中的还要好吃！
啊，打扫完浴缸后，再帮我按摩一下后背。

佐罗力！！你为什么会在这儿悠闲地享受?！这么看，你是为了吃水果才……

擅长发明创造的佐罗力，为了品尝这里的水果，制作了一台和自己长得一模一样的收割水果专用机器人，偷偷潜入岛上。但还没等他收割完水果，暴风雨就来了，佐罗力只好慌忙扔下机器人，进入别墅里避难。今天早上，他修好了招待机器人，就自在地享受了起来。

好了，我已经得到了大量水果，准备回家了，机器人的修理费我之后再找你们要哟！

机器人都给你按摩了，你还要什么修理费！你这个偷水果的小偷！

案件就这样被解决了。机器人也重新开始工作了，继续为游客提供招待服务。礼待小镇再次成为人气度假胜地。

只是，不同的是……

你们俩快看礼待小镇的主页！

啊！L之助又倒下了！

想错了吧，实际上，L之助现在作为连接小岛之间的桥梁，每天要启动两次！

据说L之助已经成了著名的娱乐设施，很受欢迎呢。

为什么那台酷似佐罗力的机器人也倒在了那里？

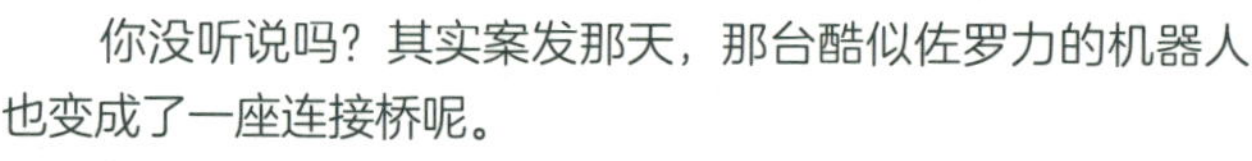

只是手脚碰巧与小岛连接在一起了而已吧……

因此，那台酷似佐罗力的机器人也和L之助一起表演，每天要倒下两次。听说佐罗力被大家视为英雄，可以畅吃岛上的水果呢。

啊！我接受不了！

暴风雨来袭！
巨型机器人遇害案事件

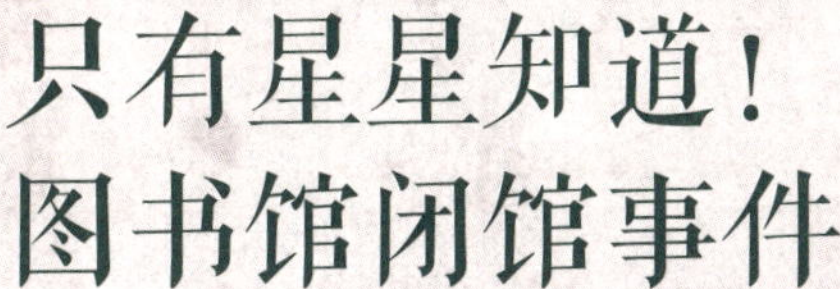

#2 只有星星知道！图书馆闭馆事件

在深读图书馆入口处放着一块看上去沉甸甸的立牌，上面写着“今日闭馆”。从早上开始，室外的阳光就很强烈。这样的酷暑天气已经持续好几天了。

有几个人看到立牌上的字，失望地擦着汗珠离开了。或许他们之中有人想在冷气开放的图书馆里悠闲地度过这一天。

至于深读图书馆临时闭馆的原因——

“究竟是谁，把书都堆在了地上……”
“难道有小偷来过？”

没错，图书馆里很多书都被人从书架上取了下来，堆得到处都是。

接着，馆内响起了尖叫声。

“不好了！有人……倒在这里！”

没错，躺在地上的，正是翻着白眼、流着口水的佐罗力。

案发现场

深读图书馆

今日闭馆

书架上摆放着一些晦涩难懂的书，以及只有在这里才能看到的珍贵书籍。

翻着白眼、流着口水的佐罗力躺在地上。

不知为何这些书被堆得很整齐。

入口处有一块大立牌，上面写着“今日闭馆”。

到处都是从书架上抽出来的书。

藏书十万册的图书馆——深读图书馆。

被堆得高高的书，宛如一堵墙……

案件相关人员

布库鲁
（馆长）

担任馆长一职已有三十余年，十分爱管闲事，把为别人推荐合适的书作为自己人生的意义。今年即将退休。

汐林
（馆员）

文静、腼腆的年轻馆员。为了熟悉各种图书的分类，她在不断学习。喜欢星星形状的装饰品。

阿波罗
（研究员）

宇宙科学方向的研究人员。他几乎每天都是一大早就来到图书馆，埋头钻研那些看上去晦涩难懂的书。

鲁德西
（间谍）

冒冒失失的间谍。他似乎怀着某种目的潜入图书馆……他到底藏在哪里呢？

—— 天气 晴☀ / 气温 35℃ 深读图书馆内 ——

有一本非常珍贵的流星图集，只有这个图书馆有。当时排在我前面预约借阅这本图集的人有一千多个，好不容易今天排到了我……结果却赶上闭馆，太让人失望了。

好凉快！
能让我们进来，实在太好了。

刚介，如你所见，我现在心情很低落，而且还有案件发生，这个时候你居然说“太好了呢”！

不……我不是那个意思……
（而且我句末也没说“呢”啊……）

米克尔和刚介陪卡露塔来深读图书馆借书。出于破案需要，他们被获准进入图书馆。他们终于不用顶着满头的汗水在外面晒太阳了。然而，意想不到的谜团却接踵而至。

有什么东西被偷了吗？

从目前的情况来看，**由于书被堆得到处都是，暂时还无法判断是否有东西丢失。**

而且，如果是有小偷入室盗窃的话，这里的书未免堆得太整齐了，真是不可思议。

没错，光是把书堆成高高一摞就很费工夫了。

案发现场的可疑之处可不只是整整齐齐的书堆。

刚介，你怎么了？头疼吗？

我翻看了一下堆在那儿的书，书的内容对我来说太难了。《宇宙大爆炸中蕴藏的秘密》《超黑洞理论》《火星迁移计划》……

还真是……像原裕老师写的那种幽默满满的书一本都没有呢。

深读图书馆是这个地区最大的图书馆，馆藏书籍大约有十万册。其中不乏一些难得一见的珍贵书籍，以及一些十分晦涩难懂的学术参考书籍。

堆在这里的书都是些“晦涩难懂的书”……
究竟是谁，他为什么要做这样的事呢？
我米克尔一定会找出案件的真相！

找到的线索

让我们跟随名侦探米克尔一起看看本次案件的线索吧，破案的关键一定就在这里！

线索1 写着『今日闭馆』的立牌

深读图书馆几乎全年无休，所以很少会用到这块立牌。它平时被放在图书馆的地下仓库里。

可能是为了让人们从远处也能看到，所以这块立牌做得特别大，搬起来应该挺麻烦的。

线索2 整齐地堆放成一摞摞的书

就像米克尔刚才说的，把这些书从书架上拿下来再摆好，既费时间又费力气。

如此用心地对待这些书，反而让我觉得他应该是一位爱书之人。

线索3 都是一些晦涩难懂的书

“宇宙大爆炸”“黑洞”“火星”……啊，果然我的头又开始疼了！

这些书有个共同点吧？那就是……

线索4 嫌疑人的目的是盗窃吗？

如果不把所有书都放回书架，似乎就无法知晓有没有书被偷了！

年轻的馆员和另一个人现在正在利落地将书籍归位呢，他们好像还记得这些书原本的位置。

线索5 书堆宛如墙壁

只有这里成堆的书被紧挨着放在一起，围得像个“秘密基地”。

这里的书的堆放方式和其他地方的不太一样，是不是摆得更随意一些？

线索6 倒地的佐罗力

佐罗力现在的样子和平时判若两人。

他究竟来这里干什么？

询问情况 ▶▶

相关人员中有没有可疑的人呢？
让我们来好好询问一下吧！

布库鲁（馆长）

啊……我的腰很疼。
不好意思，请问我可以坐在椅子上回答问题吗？

嗯，当然可以了。

你是什么时候发现图书馆变成这样的？

是今早馆里的年轻馆员汐林发现的。她向我报告后，**我便赶忙把立牌摆到了门口。**馆里还是第一次发生这种事呢，啊，我的腰，好疼……

有什么书可能会被偷吗？

有的。因为这里有很多已经绝版的孤本。最珍贵的那本，想借的话得排一千多号呢。那是一本记录了全世界流星的图集，只有我们图书馆有。

哎呀！那正是我今天原本可以借到的书！
不会被偷了吧？

这里的书现在被堆得乱七八糟的，我也不清楚啊……
首先必须得把书重新摆回去。现在汐林和阿波罗两人正在干这件事呢。

阿波罗一一指明书原本的位置，汐林再利落地把书放回书架。

那个名叫阿波罗的是什么人？

他是一位年轻学者，几乎每天早上都是第一个到馆的。
他和汐林是一对好搭档，对吧？哈哈哈。

相关人员②

汐林（馆员）

啊……这本书应该放在哪儿呢？是那边的书架对吧？
真的非常感谢阿波罗先生。

汐林和阿波罗默契地配合着，麻利地把书放回原处。
工作暂时告一段落后，汐林开始接受米克尔他们的询问。

我今早一上班，就发现馆内到处都堆满了书，我以为是进了小偷……便急忙向馆长报告了。

汐林女士，明明你是图书馆的工作人员，为什么还要询问阿波罗先生书籍原本的位置呢？

我刚从实习馆员转为正式馆员。**从事宇宙相关研究的阿波罗先生对这些书更了解。**

咦？宇宙相关？

米克尔拿起堆在地上的书看了看。从绘本到外文书，书的种类繁多，但内容都是关于宇宙的。

这么说来，阿波罗每天都来馆里，找他帮忙应该比较好开口！

那个……其实今天是我第一次和阿波罗先生说话。
我特别怕生。
虽然我之前就听说过阿波罗先生，但直到今天图书馆发生了这样的事情，我才鼓起勇气和他搭话。

汐林一边害羞地讲述着，一边把手里的《星星图鉴》放回书架上。

咦？这本书的位置，不用问阿波罗先生，你也知道呀？

我最喜欢观星了。
所以有关星星的书，我一看就知道它们原先在哪里！

汐林明朗地回答道，此时的汐林完全看不出一点儿“怕生”的样子，星形发饰在她发间闪闪发光。

相关人员③

阿波罗（研究员）

今天图书馆临时闭馆，你是怎么进来的？

我几乎每天都是在开馆前三分钟就等在门口了。

因为这里有很多我研究时不可或缺的珍贵资料，所以今天我也像往常一样来到图书馆。我到了之后就在门口等着，然后就听到馆内传来了汐林小姐的叫声。

所以你就进了图书馆？

照这么说，“今日闭馆”的立牌是在你进去之后，才被摆出来的吗？

好像是这样。**我进来的时候，图书馆门口还没有立起那块牌子。**

阿波罗先生，书的摆放位置你都记得很清楚，对吗？只要是和宇宙有关的书籍，你都知道在哪里吗？

我本来就是宇宙迷，而且又从事相关研究，所以，只要是和宇宙相关的书……

就算都属于宇宙这一大类的书，细分种类也有区别。如果是火箭相关的书籍，会被摆在技术类书架；如果是星星相关的书籍，会被摆在自然类书架；如果是宇宙主题的绘本，则会被摆在绘本类书架。图书细分种类不同，所属的书架也不一样。

一直在整理图书的汐林手里拿着一本名字看上去很晦涩的书，开口问阿波罗。

阿波罗先生，你以前读过这本书吗？

这本书啊，我好像在某个冬天读过，内容非常好。书中关于星座的那一章写得极其精妙。

关于星座吗？听上去很有趣呢。那，这本书应该放在……

应该放在那边。**汐林小姐喜欢星星吗？我有很多书可以推荐给你。**

相关人员④

鲁德西（间谍）

啊！谁在那里！是小偷吗？

被围成“秘密基地”似的书堆内，竟然藏着一个人。

等……等一下！我不是小偷，我是间谍！请不要把我和小偷混为一谈！

有什么区别吗？半斤八两吧！你偷偷溜进图书馆藏在这里，在打什么鬼主意？

才不是！我只是受人之托，来图书馆借那本珍贵的流星图集而已。

啊！这不就是小偷的行径吗？！

我是打算很快就还回来的！

可是我半夜溜进来后，却发现图书馆里到处都是书山，还有翻着白眼躺在那里的佐罗力……

据鲁德西说，他是在午夜零点左右潜入图书馆的，那时候馆内的图书已经被堆得到处都是了，佐罗力也躺在地上。

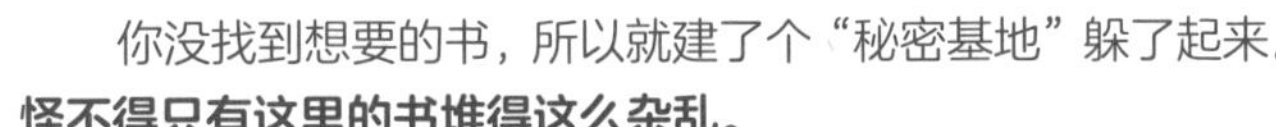

你没找到想要的书，所以就建了个“秘密基地”躲了起来。**怪不得只有这里的书堆得这么杂乱。**

不可原谅！我可是排队排了一千多号，好不容易才轮到的呢。

请等一下！佐罗力先生比我到得还早呢。

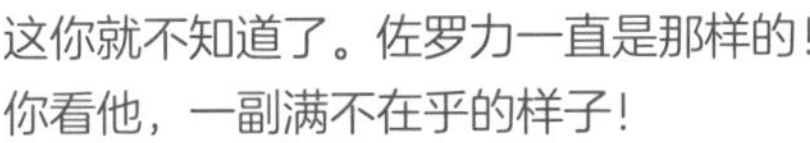

这你就不知道了。佐罗力一直是那样的！

你看他，一副满不在乎的样子！

如果我说确实是这样……会不会显得我更可疑了？

米克尔的推理

伴随着星星般耀眼的舞姿，
米克尔的大脑全速运转！

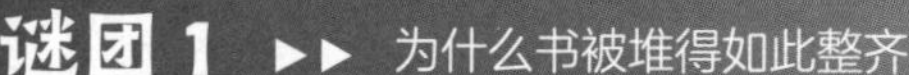

谜团 1 ▶▶ 为什么书被堆得如此整齐？

如果来者是小偷，那他不可能特意将那么多书堆得整整齐齐。
比如鲁德西，他堆得就很杂乱。
堆得这么整齐一定有什么意义！

全部都是与宇宙相关的书 ◀◀ 谜团 2

图书馆藏书十万册，但不知为何，从书架上抽出来的都是与宇宙相关的书。**幸亏从事宇宙研究的学者阿波罗先生在这里，如果只有汐林小姐一个人整理的话，恐怕要花很长时间才能把书放回原处。**

谜团 3 ▶▶ 写着“今日闭馆”的立牌

图书馆门口摆放着一块非常显眼的立牌，看起来很重，不太好搬。听说**这块立牌平时都被放在地下仓库里**……总觉得有点儿不对劲。

翻着白眼倒在地上的佐罗力 ◀◀ 谜团 4

从鲁德西的证词可以推断出，**佐罗力应该一整晚都在图书馆里。**他究竟为什么来这里呢？难道和鲁德西一样，他也盯上了那本珍贵的图集，所以偷偷溜进了图书馆？

我米克尔一定会找出案件的真相！！

看我的！

给读者的挑战书

为什么大量的书被整齐地堆成一摞摞，
放在图书馆各处？
又为什么这些书都与宇宙相关呢？
我们期待你的完美推理。

真相将在“解决篇”中揭晓

解决篇

我已经找到了案件的真相！

在这个巨大的图书馆里，即将上演名侦探米克尔的经典推理，绝不输任何推理小说！

汐林和阿波罗整理好所有图书后，米克尔把大家叫到一起，高声宣布道。

这一切……是小偷的恶作剧吗？

在揭晓真相之前，我想问一个问题，你们两个人一起把书放回去花了多长时间？

大概两个小时吧，怎么了？

如果特意从这么多书中挑出和宇宙有关的书，再整齐地堆在各处的话，花的时间应该更多吧。

鲁德西，作为一个小偷，你怎么看？

不，我都说了我是间谍！……不管怎样，应该不会有哪个小偷会在案发现场待两个小时吧，这样被发现的风险很高的。

不只是鲁德西，在场的所有人听了米克尔的话，都觉得不是小偷干的。

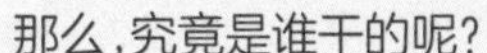

呵呵，这不是很简单吗？嫌疑人就在你们之中。

啊！你说在我们这些人里？

阿波罗惊得瞪大了眼睛。鲁德西看到他这么大反应，突然将手指撑在额头上做出侦探般的思考动作说道：

你这副惊讶的样子，实在可疑……呵呵，我知道嫌疑人是谁了，**或许比起当间谍，我更适合当侦探。**

接着鲁德西装出一副侦探的派头，伸手指向了某个人。

嫌疑人就是阿波罗！

啊？怎……怎么会是我……

嘿嘿，在我名侦探鲁德西面前，你就不必费力隐瞒了。听好了，堆在这里的书几乎都和宇宙有关，而你恰恰是宇宙科学方向的研究人员！也就是说，只有熟悉宇宙知识的你才会阅读这些书！

鲁德西沉浸在自己的世界里，自顾自地进行推理，似乎“嫌疑人是阿波罗”就是最终的判决。此刻的图书馆比平时更加安静。

如果推理小说是这种走向的话，未免也太无聊了，谁会想看这种推理小说呀！

无聊？你说我的完美推理无聊？

他究竟为什么要那么做？

阿波罗先生又不是图书馆的工作人员，他是什么时候把书堆成这样的呢？

别一下子问我这么多问题啊！**我……只是个间谍而已！**

哎呀！你刚才还在扮演名侦探呢，太不负责任了吧！

都怪我没早点儿说出嫌疑人的名字，浪费了大家的时间，真是不好意思。那么，推理重新开始……

名侦探米克尔也伸出了他的手指。

嫌疑人就是布库鲁  **！**

馆长吗？怎么可能！

被认为是嫌疑人的布库鲁面无表情，平静地坐在椅子上。

可是，馆长腰不好，连站立都很困难。

他腰疼是自然的。**毕竟一个人搬了那么多书，当然会累得腰疼。**

那些书是馆长搬下来的？一个人？

作为被怀疑的对象，我有很多问题想问你。毕竟一般也很少有这样的机会，可以让我像推理小说中的嫌疑人那样提出自己的问题吗？

求之不得，你问吧。

布库鲁和米克尔都面露微笑。两人就像推理小说中即将迎来巅峰对决的嫌疑人和名侦探。

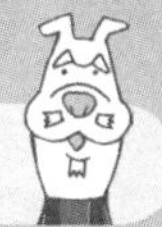

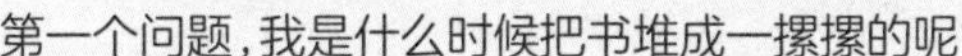

第一个问题，我是什么时候把书堆成一摞摞的呢？

鲁德西午夜零点左右潜入图书馆时，这里已经到处都是书了。请问前一天闭馆时馆内是什么情况呢？

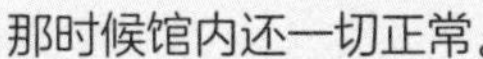

那时候馆内还一切正常。

也就是说，虽然我们不知道佐罗力是什么时候溜进来的，但这些书是在闭馆后到佐罗力溜进来前的这段时间被堆在地上的。

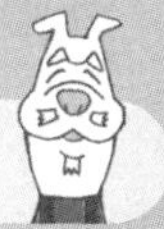

呵呵，这么说，也有可能是佐罗力干的了。

哈哈，那是不可能的。

佐罗力并不具备能够将与宇宙相关的书挑出来的知识储备。而且，就算佐罗力对宇宙方面的知识很了解，他也不会细致地把那么多书摆得整整齐齐。

只有爱书之人，才会把书摆得如此整齐。

此时，汐林打断了米克尔的推理。

请……请等一下，馆长平时确实总说“要细心地对待书”，但把书摆整齐其实是任何人都能做到的事啊，只要他愿意去做。

汐林无论如何也无法相信，这一切是德高望重的馆长做的。不过紧接着，米克尔抛出了他的决定性证据。

很遗憾，还有一个证据可以证明嫌疑人就是布库鲁馆长。没错……**就是那块立牌！**

立牌？为什么这么说？

汐林小姐，你不是说今天早上向布库鲁馆长汇报了这次的事件后，立牌才被摆了出来吗？

是啊……您说得没错。

我在门口等待开馆期间，还没有那块牌子。

布库鲁馆长，你当时肯定很着急。

那是自然，如果当时有读者进来的话，会造成恐慌的。

立牌之前一直被收在地下仓库里。

今天早上，你们有人看到布库鲁馆长搬立牌了吗？汐林小姐？阿波罗先生？

没有，我没看到。

这么说来，我也没……

那时开馆时间马上就要到了，在这么短的时间里只靠一个人从地下仓库里把沉重的立牌搬到门口，大家不觉得这很难做到吗？而且，馆内的两个人都没看到馆长的身影。

……

呵呵，这说明立牌不是今天早上搬来的，**而是昨天就已经被放在图书馆的入口附近了。因为布库鲁馆长事先就知道，今天要临时闭馆。**

听完米克尔的推理后，布库鲁露出了满意的笑容。

哎呀，败在你手下了啊。原来在推理小说里，被逼入绝境的嫌疑人是这种心情啊。你说得没错，米克尔，**都是我做的。**

怎么会这样，馆长！您为什么要这么做？

对于布库鲁的奇怪举动，不仅是汐林，在场的所有人都忍不住开口询问，但布库鲁并没有回答，只是向汐林和阿波罗表示了感谢。

汐林、阿波罗，给你们添麻烦了，谢谢你们帮我把所有书都放回了原位。

关于这一点……馆长，有一本书找不到了。

什么！是哪本书啊？

就是那本流星的图集。

哎呀，这么说，馆里真的有小偷？！

馆内最珍贵的书不见了，连嫌疑人布库鲁也感到十分震惊。

你们都找遍了吗？
那本书到底在哪里呢……

啊！有一个地方还没找过，就是那里！

那……不是佐罗力躺着的地方吗？不会吧！

图集竟然被佐罗力垫在了脑袋下面。就在汐林慌忙上前，想把书抽出来的时候……

好痛！谁啊？！我睡得正香呢……

真是的！居然把这么珍贵的书当枕头！

嗯？这是一本很珍贵的书吗？
怪不得睡起来这么舒服。

连日的酷暑令佐罗力彻夜难眠。

他想图书馆里一定很凉快，于是在太阳落山后悄悄潜入了图书馆。凉快的图书馆果然让他睡了个好觉，睡得连白眼都翻出来了。

佐罗力拥有出色的睡眠能力，案件引发的骚动完全没有影响到他的睡眠。

怪了，书怎么自己贴到我脸上了？看来是我太有魅力，连书都喜欢我。那就再见了，各位！

别想装作若无其事地把书拿走！快还回来！

案件就这样被解决了。但布库鲁并没有解释自己的作案动机，只是辞去了馆长一职。一年后……

嗯？两人都说案发那天是他们第一次交流。

喂，米克尔，你看这个！

照片？这是汐林小姐和阿波罗先生的婚礼现场？！

他们很早以前就已经注意到了彼此，但在案件发生之前，一直都没有机会和对方说话。

难道说……馆长当时挑出来那么多与宇宙相关的书，就是为了撮合他们？

布库鲁馆长是爱神丘比特呀！佐罗力也是！

为什么那家伙是证婚人啊！

只有星星知道！图书馆闭馆事件

#3

多谢款待！不翼而飞的烧烤炉

这里是位于幽静森林中的露营地。

此地提供烧烤用具，很多人都来这里一日游，享受烧烤的乐趣。

“咦？东西不见了，这是怎么回事？”

一位气质高雅的女士满脸愁容地环顾四周。看样子她有东西找不到了。

“真奇怪啊，刚刚我带另一组客人去烧烤区的时候，你们的烧烤设备还在这里呢。”

露营地的管理员告诉这位女士，他们先前就已经把烧烤设备都安置好了。

但就在这短短的时间里，东西就不翼而飞了。

“咦？另一组客人呢？……是离开了吗？其中一人的名字好像是叫佐罗力来着。”

弥漫在烧烤区的不是烤肉的香气，而是案件的神秘气息。

案发现场

露营达人。他的帐篷前摆满了露营专用设备。

佐罗力的烧烤炉就在案发现场旁边，烧烤炉上全是蔬菜。

有一组烧烤炉和木炭不见了。

一群孩子在这里聚会。

桌上放着孩子们带来的高档食材。里面有一份米饭。

案件相关人员

玛妮

（儿童聚会的监管人）

作为此次儿童聚会的监管人参加了烧烤活动。

比路卡

（参加儿童聚会的小女孩）

最先发现异常的人，比路卡和曼马两家是邻居，两人青梅竹马，比路卡经常照顾曼马。

曼马

（参加儿童聚会的小男孩）

和比路卡是从小一起长大的好朋友，是个粗枝大叶的男孩。

篷子

（露营达人）

非常享受露营乐趣的露营达人，有很多露营用的设备，痴迷于自己搭帐篷。

在刚介的提议下，米克尔等人充满期待地来到了这里，想要好好享受他们的烧烤时光。

结果他们刚抵达露营地，就被卷入了案件中。

啊！你看那边！摆着好多的高档食材哟！

现在可不是对着肉两眼放光的时候，有案件发生了啊。

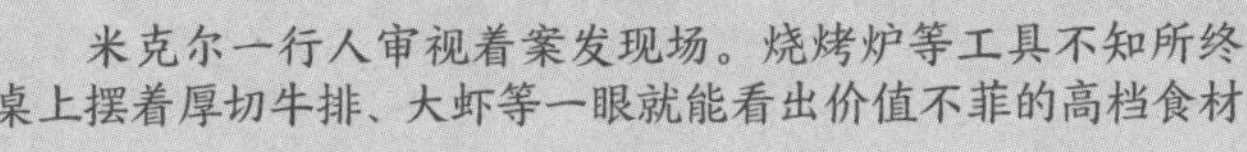

米克尔一行人审视着案发现场。烧烤炉等工具不知所终，桌上摆着厚切牛排、大虾等一眼就能看出价值不菲的高档食材。

真不得了。看来这是豪华的聚会了。

那里只有一个负责看管孩子们的成年人，其他都是小孩子。

露营地没有备用的烧烤工具，再这样下去，孩子们吃不到烤肉，就只能回去了。

我们把案件解决后，让他们分些牛排给我们吧，就当作谢礼了！

……开玩笑啦（带点儿认真）！

关键人物佐罗力去哪儿了呢？

佐罗力在那些孩子旁边租了一块空地，可是并没有看到他的身影。他那没有点火的炉网上摆的全是蔬菜。

烧烤炉的去向以及佐罗力的目的，我米克尔会全部公之于众的！

找到的线索

让我们跟随名侦探米克尔一起看看本次案件的线索吧，破案的关键一定就在这里！

线索1 消失的烧烤炉

烧烤炉这么大，一个人应该无法搬走，而且搬起来也会很显眼吧。

嫌疑人为什么要偷烧烤炉呢？是针对谁的恶作剧吗？

线索2 孩子们带来的食材

啊，都是些高档食材！这个烤肉聚会也太棒了吧。

咦？好像只有一个孩子带来了刚做好的米饭。

线索3 露营达人

炉子旁边有睡袋、登山包，他的户外装备好多呀。

连帐篷都搭好了。看来那个人已经习惯了这种露营生活。

线索4 远处的取水地

取水的地方距离烧烤区相当远呢。

是啊，步行往返差不多要花费十五分钟吧。

线索5 佐罗力的烧烤炉

佐罗力的食材只有蔬菜……好健康的烧烤啊。

烧烤炉也没点火。他是忘记准备肉类了吗？

询问情况 ▶▶

询问情况

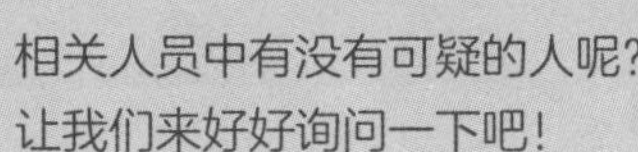

相关人员中有没有可疑的人呢？
让我们来好好询问一下吧！

相关人员①

玛妮（儿童聚会的监管人）

我是受那些孩子的父母所托，前来照看孩子们的。真伤脑筋啊，没有了烧烤设备，就不能烤肉了。

你是和孩子们一起抵达露营地的吗？

不是。我们事先约好了在这里集合。
有两个孩子在我之前就到了。

玛妮作为此次儿童聚会的监管人来到烧烤场地。烧烤设备莫名其妙失踪令她十分焦躁。

先到的是哪两个孩子？

一个叫比路卡，她是个稳重可靠、责任感很强的小女孩。另**一个是比路卡的青梅竹马——曼马**。曼马是第一次参加聚会。

可以确定的是，你抵达这里时，烧烤炉已经不见了，对吧？

但露营地的管理员说，他确定在那之前他已经把烧烤炉架好了。

要是烧烤炉找不回来了，你们怎么办？

很遗憾，那就只好中止活动了。只能让所有人把带来的食材再原封不动地带回去……可能**只有曼马带来的刚蒸好的米饭会被吃掉吧**！

烧烤聚会上为什么要带刚蒸好的米饭呢？
今天的儿童聚会大家都带来了需要烤制的肉，像什么牛排啦，大虾啦，鲍鱼之类的。

哈哈哈，带什么是孩子们的自由，带什么来都可以。

比路卡（参加儿童聚会的小女孩）

当我和曼马到达烧烤地点的时候，烧烤设备已经不见了。

是你们两个最先发现设备不见了的吗？

不，我们一到露营地，我就拜托曼马去打水了，所以**最先发现情况的是我**，我当时非常吃惊，就在那儿等曼马回来。

曼马是在几分钟后回来的？

大概十五分钟后吧。

哦，取水的地方离这里太远了，站在这里都看不见。

再这样下去，烧烤聚会就要被取消了。

在等曼马回来的那段时间里，**我询问过旁边那位大叔，没有烧烤炉能不能烧烤。对方告诉我“很遗憾，这是不可能的”**。

你请教过那位看上去很专业的露营达人，是吗？

是啊。我觉得不烧烤，大家一起开心地玩，**一起买一样的盒饭吃也挺好的。**

大家吃一样的盒饭？听起来也会成为一段美好的回忆呢。

相关人员③

曼马（参加儿童聚会的小男孩）

是谁把烧烤炉藏起来的啊！**本来以为是难得的吃大餐机会，我才来的！**

咦？对你来说，那些食材不是可以经常吃到吗？

哎呀，家里也会有各种麻烦事啦！所以**我才只带了米饭来**！嘿嘿。

原来如此……大家带的都是高档食材，唯独你带的是米饭……会不会觉得尴尬呀？

会吗？我一到这里就立刻交给玛妮阿姨了，大家应该不知道我带的是什么吧，嘿嘿嘿。啊，不过比路卡知道。**话说那家伙看到我带的是米饭，脸都青了。**

相关人员④

篷子（露营达人）

你们是想打听消失的烧烤炉吧？

说起来，那个女孩也来问过我，当时我正在专注地调节火焰的大小呢……

咦？你把睡袋放在帐篷外了？

这个啊……**今天我想在帐篷外欣赏着星空入眠，就把睡袋拿出来了。**

篷子一只手拿着装有咖啡的马克杯，另一只手摆弄着火堆，同时接受米克尔他们的询问。据说篷子是第一个到达露营地的。米克尔一行人向篷子讲述了佐罗力的外貌特征后，篷子说他一段时间前见过佐罗力。

佐罗力和一对**看起来像双胞胎的野猪兄弟一起消失在了森林里。**他们颇有干劲地高喊着“为了豪华的烧烤大餐，大干一场吧！”，不过不是他们搬走的烧烤炉。

那帮家伙……去森林里干什么了呢？

米克尔的推理

跳起旋转烤肉般的圆圈舞，
米克尔的大脑全速运转！

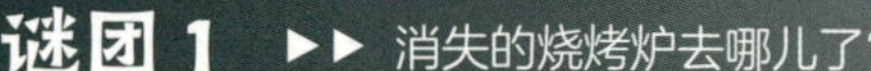

谜团 1 ▶▶ 消失的烧烤炉去哪儿了？

如果是高档食材被盗，那么凶手的动机就显而易见了。
可是，此次案件中消失的却是烧烤炉。
嫌疑人的目的究竟是什么？烧烤炉究竟在哪里？

谜团 2 ◀◀ 谁把烧烤炉搬走了？

佐罗力抵达露营地的时候，孩子们烧烤用的炉子还在，可之后它就被人搬走了。到底是谁干的？

要知道这个烧烤炉可是大到**一个人根本没法搬**……

谜团 3 ▶▶ 拿到帐篷外的睡袋

露营达人把睡袋拿到了帐篷外。

他说是为了夜晚观赏星空，但现在是上午，距离太阳下山还早呢……

他这么做还有别的理由吗？

谜团 4 ◀◀ 佐罗力的烧烤炉上没有肉

尚未点火的**烧烤炉上只有蔬菜。**
消失在森林里的佐罗力到底在干什么？
他和此次案件有什么关联？

我米克尔一定会找出案件的真相！！

看我的！

给读者的挑战书

是谁搬走了烧烤炉？又把它藏到哪里去了呢？
如果仔细查看“案发现场”和“找到的线索”，
就能拨开迷雾，找到真相。
我们期待你的完美推理。

真相将在“解决篇”中揭晓

解决篇

高档的肉不需要烤太久，优秀的推理也无须多费时间。这是我米克尔的办案格言！

孩子们和卡露塔他们都还没吃东西。

大家都希望能尽早破案，开始烧烤。

所有人都关注和期待着这位名侦探的推理。当然，除了真正的嫌疑人。

在这次案件中，最重要的问题就是“**烧烤炉为何消失了**”。

完全搞不懂嫌疑人的目的。

一般来说，要偷也偷那些高档食材吧。

嗯，我们是不是可以这么想呢——**要是没有炉子，就没办法烧烤了？**

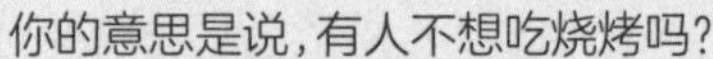

你的意思是说，有人不想吃烧烤吗？

没错，就是这么回事。而且这起案件是在比路卡和曼马到达露营地后才发生的。

不安的情绪在孩子们中蔓延，米克尔的发言似乎把比路卡和曼马当成了共同嫌疑人。

再加上这是曼马第一次参加烧烤活动，孩子们不由得向他投去怀疑的目光。

不是我！我最期待这次烧烤了！对吧，比路卡？

是啊。名侦探先生，我有个问题。

什么问题呀，比路卡小朋友？

我是和曼马一起来的，但是我拜托曼马去帮我打水了，所以我才是那个率先抵达放有烧烤炉的烧烤区的人。

嗯，曼马也说过是你拜托他去打水的。

在这个时候，烧烤炉已经不见了，对吧？**那么后到的曼马就不可能搬走烧烤炉了。**

比路卡条理清晰地阐述了曼马不可能是嫌疑人的原因。但米克尔接下来的话出乎她的意料。

哈哈哈，你说得没错。别说搬烧烤炉了，曼马连烧烤炉的影子都没看见。

这么说的话，嫌疑人就不在我们这些人里面了吧？

不！把烧烤炉藏起来的嫌疑人就在你们中间！

没人可以预料米克尔下一句会说出什么。所有人都忘记了饥饿，等着米克尔说出嫌疑人的名字。

就是你——比路卡  **！**

不，不会吧！可靠、体贴的比路卡不可能做出这种事。

玛妮女士，破案时掺杂个人的主观感受可是大忌啊。

侦探先生，你为什么说是她干的，总得给出个合理的解释吧？

其实很简单。在她抵达之前，也就是管理员带佐罗力进来的时候，烧烤炉还在。而等曼马打水回来时，烧烤炉就不见了。

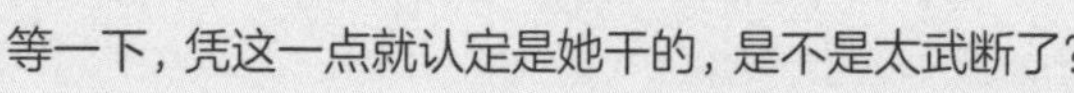

喂……米克尔，光凭这孩子一个人，是搬不动烧烤炉的。

就像“找到的线索”中提示的那样，烧烤炉很大，一个小孩子无论如何也是搬不动的。而且还有另一个重要的问题……

就算是比路卡搬走了烧烤炉，她又把烧烤炉藏到哪里了呢？曼马不一会儿就打完水回来了，不是吗？就算这期间比路卡搬走了炉子，也应该搬不远呀。

那么，我们就一个问题一个问题地解决吧。

首先是“比路卡无法一个人搬走烧烤炉”的问题。当然，**光靠比路卡自己是不行的，不过如果有帮手的话，就不一样了吧？**

帮手？

还是问他本人更快些吧。帮手——

篷子先生！

米克尔的这番话让所有人都陷入了沉默。并不是因为大家肚子饿了，而是他们无法理解为什么碰巧在附近露营的人居然会是“帮手”。

那……那个……这位大叔为什么要和比路卡一起搬走烧烤炉？这也太奇怪了！

侦探先生，除了孩子们，你还把不相干的人也牵扯进来了。如果案子破不了的话，会很难收场吧？

放心吧，我已经掌握了**决定性证据**！

米克尔断定消失的烧烤炉是比路卡和篷子两人搬走的。
那他们究竟把炉子搬去了哪里？又为了什么呢？
另外，米克尔掌握的决定性证据究竟是什么？

证据……就是那个！

睡……睡袋？

篷子之前说他是为了晚上能看着星空入睡，才把睡袋放在帐篷外的。可即便如此，也没必要上午就把睡袋拿到外面来吧。**不只是睡袋，他把行李也拿出来胡乱地丢在帐篷前面。不……不应该说拿出来，他最初就没把这些东西放进帐篷里去。**

听了米克尔的话，刚介靠近帐篷，卷起帘子，朝里面望去。

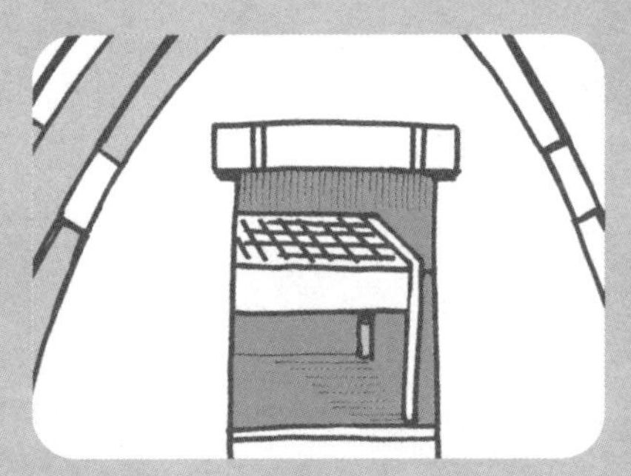

哎呀！**烧烤炉**就在里面！

这就是确凿的证据了。曼马去打水的这段时间，足够他们把烧烤炉藏到这儿了吧。

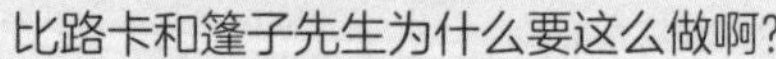

来露营地之前，比路卡和篷子互相都不认识。
篷子到底为什么会成为比路卡的帮手呢？

因为主要嫌疑人不是比路卡，是我。
一群小孩子竟然享用如此高档的食材，我看不惯。

你……你真是个坏心肠的大人！！
我……我……我绝不原谅你！

刚介，不要吵架！！

肚子饿到无法控制情绪了。

篷子……你真是个好演员啊，但不适合演反派。

米克尔无视吵吵闹闹的刚介和卡露塔，指出篷子是想替人顶罪。

对……对不起！**篷子叔叔只是答应了我的请求——“帮我搬烧烤炉”**，是我的错！

比路卡，把责任推给我就好了啊！

比路卡？到底为什么？你为什么想中止烧烤活动呢？

呜……这个……

其实正是因为比路卡心地善良，总是为他人着想，才有了这起案件。下面就由我来和大家解释清楚吧。

比路卡在隐藏着什么，她似乎并不想在孩子们面前说出真相。可只要真相存在，名侦探米克尔就不能放过。

比路卡把烧烤炉藏起来的原因是曼马带来的那份米饭。

米饭？是今天带来的烧烤食材吗？

这场烧烤活动是孩子们期待已久的。可想而知，所有人都会带最好的食材来吧？

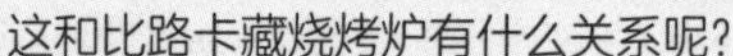

这和比路卡藏烧烤炉有什么关系呢？

听说比路卡看到曼马带来的是米饭后，脸色发青，我这才恍然大悟。**在全是高档食材的情况下，如果只有曼马一个人带了米饭来，其他孩子会怎么想呢？**

带米饭来的孩子可能会羞愧难当，说不定还会被其他人排挤。

也就是说，比路卡的想法是：如果中止活动，曼马的内心就不会受伤了。

嗯……**曼马只带了米饭来，这会让人猜测他家里是不是出了什么事……我也不仅仅是怕有人会排挤他，也怕其他朋友担心他……**

“只带了米饭来，是不是家里出了什么事，难以启齿呢？”比路卡担心自己的青梅竹马曼马，更怕其他小伙伴也一起担心，所以才采取了这种行动。

曼马之前好像说过，家里会有“各种麻烦事”。

啊，我只是和妈妈吵架了。
米饭是因为我想吃，才带来的！
这可是我爷爷亲手做的美味米饭哟。

原来是这样啊，我还以为……唉，真对不起。

虽然做法欠妥当，但比路卡为大家着想的心意并没有错。

我也这么认为，所以才没有拒绝比路卡的请求。没关系，只要能从错误中吸取教训就行——我们在户外探索也常常是这样的。

快来，我们开始烧烤吧！

我开动了！啊，好好吃！果然烤肉还是得配米饭才好吃啊！

露营达人篷子加入了烧烤活动，大家兴致高涨。而且“烤肉还是得配米饭才好吃”，只带米饭来的曼马不仅没被伙伴们排挤，而且还很受欢迎呢。

因为其他人带来的几乎都是肉，最后米饭被抢光，肉反而被剩下了。

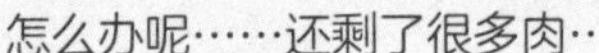

如果觉得困扰的话……就让我佐罗力帮你们解决掉吧！

这个声音……

没办法啦，我就勉为其难地拿蔬菜和蘑菇跟你们交换吧。

佐罗力虽然也来这里烧烤了，但因为没钱，买不起肉，就在露营地附近的田间管别人要了些蔬菜，还在森林里摘了些蘑菇。就在他刚要开始自己的蔬菜烧烤时，旁边传来了一股诱人的烤肉香气。佐罗力脑筋一转——或许能用蔬菜和蘑菇换些肉呢……

“啊！有玉米！”

“我最喜欢吃青椒了。”

“这个蘑菇，香喷喷的，感觉会很好吃……”

完美！交易成功。
不用谢我，大家快享用吧！

居然这么受欢迎！

案件就这样顺利地被解决了。听说在后来的儿童烧烤派对上，曼马的米饭总是最受欢迎的。

世上有很多食物虽然不是什么高档食材，却很可口！和朋友们一起享用的话，吃什么都好吃，都开心！

对了，听说佐罗力的蔬菜和蘑菇好像在那个露营地大受好评，他还因此大赚了一笔呢。

呵呵，要来的蔬菜和长在森林里的蘑菇，这些免费的食材他竟然还要卖钱……

我在来这里的路上，也发现了一些特别的蘑菇。就是这个，你们要试试看吗？

粉……粉红色的蘑菇？米克尔，你来尝尝吧！

啊……不了……看起来像是有毒的蘑菇……

多谢款待！不翼而飞的烧烤炉

#4

被黑暗吞噬的甜瓜三明治

在某水果三明治的店前，人们排起了长队。这家店的甜瓜三明治因用料扎实、咬在嘴里满满的都是果肉而走红。

购买者早早就等候在店前，等店门一开就一窝蜂地冲进店里抢购，所以不知从什么时候起，社交媒体上开始管这家店的三明治叫“奔跑甜瓜”。

排在队伍靠前位置的人中有一位带着三胞胎的母亲，她正和站在她身后的少女搭话。

“小姑娘，你也是来买‘奔跑甜瓜’的吗？”

“是……是的。今天是我爷爷的生日，我想和爷爷一起品尝这款三明治，我是从很远的地方过来的。”

这时，令人意想不到的事发生了。

排在三胞胎母亲前面的人一次性购买了大量水果三明治。

这样一来，就只剩下三个“奔跑甜瓜”了……而恰在此刻，店内的灯啪的一声熄灭了。

“啊！好黑啊！”

三分钟后，灯重新亮起，人们发现这里有案件发生。

案发现场

店外有个奇怪的摊位，还有一个可疑的男子。

等待购买的队伍从店里一直排到了店外，有很多客人是慕名从很远的地方而来的。

断电期间，有一个“奔跑甜瓜”不见了，它原来的位置处放着嫌疑人留下的钱款。

放了大量果肉的“奔跑甜瓜”，总是很快被卖光。

卡布利斯太太购买了五十个三明治。

店里有很多客人。店家准备了矿泉水，供客人免费取用。

案件相关人员

饼斯凯
（店老板）

“特立独行三明治”店的老板。推出的果肉丰富的水果三明治“奔跑甜瓜”卖得十分火爆。

卡布利斯太太
（大富翁）

一切想要的东西都要收入囊中的大富翁。这次她买到了五十个“奔跑甜瓜”，感到心满意足。

嘎莫
（住在附近的三胞胎妈妈）

精力充沛的三胞胎妈妈。“特立独行三明治”店就开在她平时散步的路上。嘎莫的育儿宗旨是“对三个孩子一视同仁”。

哈鲁巴鲁
（远道而来的少女）

从很远的城市专程来到这里的少女。她想在爷爷过生日时，与他一同品尝“奔跑甜瓜”。

—— 天气 晴☀/气温 25℃ “特立独行三明治”店内 ——

刚介，你竟然因为喜欢甜食，不惜越过道德底线……我要把你带到警察局审讯，你好好赎罪吧。

喂！不是我干的！

案件发生时，超喜欢甜品的刚介也在排队。

米克尔他们接到刚介打来的紧急电话后，立即赶到案发现场，向他核实当时的状况。

当时我正在店里排队，**卡布利斯太太一次买了五十个“奔跑甜瓜”，店里就只剩三个了**，大家都慌了。

紧接着，店里就一片漆黑了，对吧？据说灯再次亮起后，有一个“奔跑甜瓜”不见了，相应的钱款却出现在那个“奔跑甜瓜”原来的位置。

嗯，也就是说，虽然你鬼使神差地拿走了三明治，但钱还是付了的。那么店家也许只会严肃地警告你一下。太好了，刚介！

我——说——过——了！拿走三明治，留下钱，这些都不是我干的！

店内的灯熄灭了三分钟左右。据说当时现场乱作一团，结完账的卡布利斯太太称“刚介很可疑”。

刚介为什么会被怀疑呢?

排队的时候，我的肚子饿得咕咕叫……叫得很大声。不知道是不是因为被突如其来的断电吓了一跳，灯再次亮起的时候，我的肚子就不叫了。

所以他们怀疑是我干的。

你放心，刚介。我一定会把朋友从危机中拯救出来的！就像名作《奔跑吧，甜瓜》中所写的那样。

你要是拯救失败了，我就把你和“奔跑甜瓜”一起打包，送去监狱!

喂！你太夸张了吧!

米克尔，你可一定要找出真相啊。我可以分你半个三明治。

都不舍得给一整个吗……

找到的线索

让我们跟随名侦探米克尔一起看看本次案件的线索吧，破案的关键一定就在这里！

线索 1 『奔跑甜瓜』

这种水果三明治中添加了大量甜瓜果肉，近期在社交平台上非常火爆。

只有一点点奶油，剩下的全是甜瓜果肉，好特别的三明治啊……我一定要尝尝。

线索 2 店内很凉爽

店里和展示柜里的温度都很低，空调冷气开到了最大，这里的电费应该很高吧。

店里人很多，温度一高，三明治就容易变质。

线索 3 免费提供的水

店家免费提供制作三明治时用到的精品矿泉水给客人取用，真贴心呀。

入口可以感受到一丝甘甜，就连免费的水都这么用心，这家店真是不负盛名。

线索 4 消失的三明治和留下的钱

在店内一片漆黑的三分钟里，三明治消失了，嫌疑人留下了相应的钱款。

如果是小偷干的，就不会放钱了吧。还有，为什么只有一个三明治不见了呢？

线索 5 排在队伍第三位的刚介

因为当时还有很多三明治，我以为今天能买到呢。

按照排队的顺序，如果只剩三个三明治的话，恐怕还没轮到刚介，就要卖完了。

线索 6 奇怪的小摊

店外有一个小摊，既然“奔跑甜瓜”买不到，要不要试试小摊上的食物呀？

我觉得这个小摊很奇怪，摊位的电线竟然一直延伸到了三明治店里……

询问情况

相关人员中有没有可疑的人呢？
让我们来好好询问一下吧！

相关人员 ①

饼斯凯（店老板）

实在不好意思，因为店里做三明治的只有我一个人，所以没办法准备太多“奔跑甜瓜”。对了……那位客人，既然你已经付了钱，本店也不打算报警……

等等！不是我干的！

事情越闹越大，饼斯凯不由得露出了不知所措的神情。

店里的灯为什么突然灭了呢？

嗯……其实是**跳闸了。**虽说空调、展示柜之类的电器功率很高，但这种情况还是第一次出现，吓了我一跳。

如果同时运行的电器过多，电流过大，电闸就会跳闸，切断电路。这是为了防止商户用电过载，预防火灾发生。

第一次？也就是说，到目前为止，即使在用电紧张的状态下，也没有出现过跳闸的情况对吗？

今天店里额外使用了什么比较费电的设备吗？

没有，都和平常一样。

嗯，断电期间有没有发生什么怪事呢？

啊，这么说来，**当时有人咳嗽了。**

莫非是谁感冒了？

与其说是咳嗽，不如说是被什么呛到了。

卡布利斯太太（大富翁）

多买有什么不对？如果不允许多买，就应该提前规定。与其问我，你还不如快去警察局自首吧！

都说了！我是无辜的。

今天的卡布利斯太太全身上下都佩戴着耀眼夺目的宝石。米克尔他们询问了卡布利斯太太怀疑刚介的理由。

断电之后，他肚子的咕咕叫声就停止了，一定是因为吃了“奔跑甜瓜”。还有他那张脸也很可疑——我平时就常常鉴别宝石的真伪，训练出了敏锐的眼光。

真不愧是卡布利斯太太，太有说服力了。（瞟了刚介一眼）

干吗用那种“越看越可疑”的眼神看我！

太太，请问你还注意到别的什么情况了吗？

对了！**店里的矿泉水卖吗？那水甘甜可口**，我想买个五千瓶左右。

天哪！有钱人和普通人的购买力真的完全不一样……

正如卡布利斯太太所说，店里为了进一步提升水果三明治的口感，对用水也很讲究，据说这水是从附近山上打来的矿泉水。

那就拜托你了，帮我把五千瓶水送到别墅。
我会多付你一些配送费的。

我既不是小偷，也不是司机！

相关人员③

嘎莫（住在附近的三胞胎妈妈）

我平时散步会经过这一带。

我经常带着孩子们在附近打发时间。

孩子们说想尝尝“奔跑甜瓜”，所以今天是我第一次来店里排队。

店里一片漆黑的时候，有没有发生什么怪事？

事发突然，我吓了一跳。

当时我正在喝水，吃惊之下差点儿把喝下去的水吐出来，然后就开始咳嗽。

受到惊吓后是会咳嗽一两声呢。

没错，我当时虽然是被吓到了，但咳嗽实际上是因为**水太苦了**，我被呛到了。

嘎莫一边摸了摸三个孩子，一边干脆地回答米克尔他们提出的问题。不一会儿，其中一个孩子开始哭闹，刚介扮鬼脸想逗他笑，可那张脸实在太吓人了，三个孩子都被他吓哭了。

好啦，好啦，来玩玩具吧。给你，你们俩也有哟。

噢！三个孩子的玩具一模一样呢。

不买些有区别的吗？

“对三个孩子一视同仁”是我的育儿宗旨。

衣服、杯子还有学习用具，我都给他们挑相同颜色和形状的。也多亏我这么做，他们很少吵架呢。

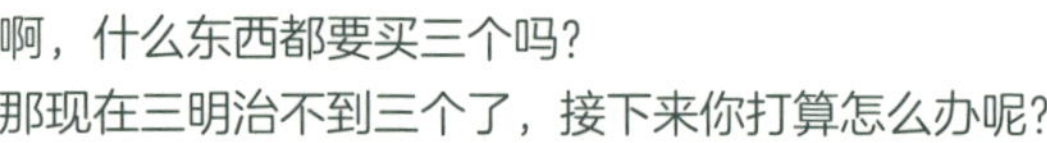

啊，什么东西都要买三个吗？

那现在三明治不到三个了，接下来你打算怎么办呢？

附近有个卖甜品的小摊，我打算回家的时候顺便去看看。

（说不上为什么，我总觉得还是别去那个小摊比较好。）

相关人员④

哈鲁巴鲁（远道而来的少女）

唉，好不容易才来到店里的！
爷爷的生日礼物该怎么办啊……

少女闷闷不乐地叹气。她这次是专程从很远的地方乘车过来买超受欢迎的“奔跑甜瓜”的。

那个……你还记得店里黑漆漆的那段时间里发生了什么吗？

因为当时只剩下三个三明治了，我想排在我前面的嘎莫女士和她的孩子们应该会全部买走吧……
我当时大受打击，记不清了。

嗯，我完全理解你的心情。但还是请你把注意到的事情告诉我好吗？什么事情都可以。

嗯……不好意思，我只记得**这家店的水特别好喝。**

呀！刚才**嘎莫女士还说水苦呢**！

不过，**卡布利斯太太不是也称赞水好喝吗**？

啊！对了……就在断电前一会儿，**我看到有人拿着类似电线的东西在店外徘徊。**如果和此次案件无关的话，那就不好意思了。

哪里的话……谢谢你告诉我这么多，我一定会找出真相的！

米克尔的推理

跳起如同甜瓜一般甜美的舞蹈，
米克尔的大脑全速运转！

谜团 1 ▸▸ 消失的“奔跑甜瓜”去哪里了？

在短短三分钟的黑暗时间内，那个“奔跑甜瓜”到底去哪儿了？而且，**为什么明明还有三个“奔跑甜瓜”，却只有一个被拿走了呢**？

为什么不同的人喝水，尝出的味道不一样呢？ ◂◂ 谜团 2

免费提供的矿泉水也被用于制作水果三明治，**而喝过的人对它的味道的感受却完全不同。**这与此次事件有关联吗？

谜团 3 ▸▸ 可疑的人和电线

哈鲁巴鲁看到了可疑人物拿着类似电线的东西在店外徘徊。话说回来……在此次案件中，那家伙还没出现呢。

就是**总来捣乱的“那家伙”**……

我米克尔一定会找出案件的真相！！

看我的！

给读者的挑战书

在店里断电的三分钟内，
为何只有一个“奔跑甜瓜”消失了？
是谁的恶作剧吗？
我们期待你的完美推理。

真相将在“解决篇”中揭晓

解决篇

谜团已经全部被解开了！

接下来，我们就消失的“奔跑甜瓜”开始热火朝天的讨论吧！

米克尔向大家这样宣布时，店里只有出于破案需要而被留下的案件相关人员了。

说什么都行，拜托快点儿说吧。我接下来还要参加派对呢。

别着急呀，卡布利斯太太。这场由我主持的解谜派对应该也很有趣。

话说……三胞胎现在在哪里？

他们正在外面玩耍呢。

店外出现了刚介的身影，他正在哄三个孩子玩呢。

孩子们起初还被刚介的鬼脸吓得哇哇大哭，但现在这三个小家伙已经完全熟悉并喜欢上了他的鬼脸。

哎呀呀，把孩子托付给小偷照顾，真的不要紧吗？

嘿嘿，刚介不是小偷。
断电期间偷三明治的另有其人。

接着，米克尔看向窗外，确认过刚介和孩子们没有看向这边后，伸手指向了那个人。

嫌疑人就是——嘎莫！

怎么会是这样呢？

在哈鲁巴鲁等人惊得目瞪口呆时，被点到名字的嘎莫也像米克尔一样，确认过孩子们完全沉浸在玩耍中后，才加入了“热火朝天的讨论”。

很遗憾，我可没有把三明治藏起来。
你如果想检查我的衣服口袋和包，那就请便吧。

没那个必要了。**因为“奔跑甜瓜”现在已经在无法取出的地方了**！

无法取出的地方？可当时只黑了三分钟呀。
那么短的时间，能藏在哪里呢？

哈哈，有一个地方呀，既可以马上藏起来，又能让别人再也找不到……就是这里！

说着，米克尔再次指向嘎莫的脸。接着他的指尖向下移动，指着某个部位停了下来。

你该不会是说……

没错！**那个三明治就在你的胃里！**
你在断电的一瞬间，将三明治塞进嘴里，吞了下去！

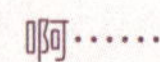

能明显看出嘎莫对米克尔的推理感到惊慌失措。但这些还不能算是决定性证据。于是卡露塔向米克尔确认道：

不过米克尔，要怎么证明嘎莫女士吃了那个三明治呢？

本店没有监控摄像头，而且当时屋内漆黑一片……

是……是啊。我希望你能给出一个令人信服的解释。

当时事发突然，没有人注意到三明治是什么时候被吃掉的，而且也无法看到嘎莫胃里面究竟有没有三明治。但米克尔丝毫不慌，顺手拿起了一个东西。

大家觉得这个东西味道如何呢？我这里有一杯。

那是……水？

我说过我很着急吧？
能不能别开玩笑了？！

呵呵，我没有开玩笑。

那么，就让还没喝过店里的水的卡露塔作为代表，尝尝这杯水吧。

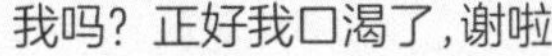

我吗？正好我口渴了，谢啦。

卡露塔一口气喝光了满满一杯水，接着畅快地吐出一口气，露出了笑容。

哎呀，这水真好喝啊，可以和我老家的泉水一决高下了！

不愧是制作受欢迎甜点的矿泉水。

几乎所有喝过的人都说好喝。

可只有一个人例外……就是说苦的嘎莫女士。

难道是我忘记洗杯子了？怎么会只有一位顾客觉得苦呢……

我喝的时候，味道确实很苦！

呵呵，饼斯凯老板，你放心吧。

我现在就给大家解开这个谜团。来，卡露塔，**你再喝一次同样的水。**

不过，这次要先吃了这个之后再喝。

米克尔请饼斯凯切了块做甜点用的甜瓜果肉。卡露塔津津有味地大口吃了起来，吃完后，又一口气喝光了一杯水，这回……

喀喀！好苦啊……

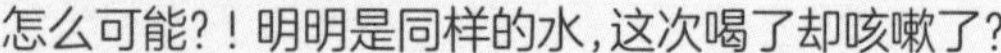

怎么可能？！明明是同样的水，这次喝了却咳嗽了？

没错。大家都有过类似的经历吧，**吃完甜瓜、橙子、菠萝等水果之后，再喝水就会觉得很苦。这是受水果的某些成分的影响。**

嘎莫女士，你喝水之前吃过甜瓜吧！

对不起……的确如此。

断电后，嘎莫把一个“奔跑甜瓜”塞进了嘴里。

她想喝水把“奔跑甜瓜”冲下去。但万万没想到，水意外地苦，于是她忍不住咳嗽起来。

请等一下，还剩下三个“奔跑甜瓜”，嘎莫女士又排在卡布利斯太太后面，应该能买到才对。

对呀，侦探先生，这到底是怎么回事，你能解释清楚吗？

可以，解谜的关键在于“数量”。

有三个“奔跑甜瓜”，吃掉一个，还剩两个，哪里不对吗？

哈哈，这下数量就不够了。

米克尔边说边将目光投向店外。目光所及之处，三胞胎正围着刚介跑来跑去，看来孩子们已经和刚介很亲近了。

啊！**三胞胎需要三个，剩两个就不够了……**

本来有三个三明治吧？如果母亲忍住不吃的话，不就正好三个吗？为什么要吃掉一个呢？

是为了让给你，哈鲁巴鲁。

啊？让……让给我？

当然啦，如果还剩三个的话，就够买三胞胎的份了。

如果只剩下两个……因为还差一个，就无法公平地买给三个小孩了。只要以这个理由让孩子们放弃吃三明治，就可以排到你了。

啊，这样我和爷爷的那两份就够了……怎么会这样！

哈鲁巴鲁为了给爷爷过生日，从很远的地方过来买“奔跑甜瓜”。嘎莫就住在附近，随时都可以过来买，所以嘎莫想把这个机会让给哈鲁巴鲁。

不过，特意排了这么久的队，能买三个却没买的话，孩子们可能会大哭大闹。

而且，如果就这么直接让给哈鲁巴鲁，也可能会让对方觉得不好意思。

就在这时，突然断电了，于是嘎莫想到了这个方法：自己吃一个，留两个让哈鲁巴鲁买回去。

现在才说有点儿迟了，不过老板，我还是想说，贵店的“奔跑甜瓜”非常好吃。

那么，就让警察……

收到您的钱款，金额正好，谢谢您的购买！

可是老板，我在付钱之前，就当场把三明治吃掉了。我必须为自己犯的错付出代价……

那么，请您下次和孩子们一起来，慢慢品尝“奔跑甜瓜”吧，小店期待您的光临。

米克尔没再说什么，案件到此为止就圆满解决了……可谁知就在这时，有个人闯入了大家的视线。

瞧一瞧，看一看，这边的甜品还没有卖完呢。我们的甜品名叫“走路栗子”！

你这个明晃晃的山寨名字是怎么回事？！这么说，你就是那个摊位的……

就是这个人……断电前他拿着电线，进入了三明治店内！

电线？不会吧？！

经确认，店内靠里面的插座上插了一根电线，顺着电线延伸的方向看去，另一端便是佐罗力的摊位。

你……你这个偷电贼！
就因为你偷电，店里才跳闸断电了！
能想出这种馊主意的人……也只有你佐罗力了！

呀！没办法了，被发现了呢。我还是赶紧吃完“奔跑甜瓜”，快逃吧。

佐罗力快步走向“奔跑甜瓜”摆放台，然后拿起剩下的两个“奔跑甜瓜”。

大家似乎为了一个三明治争执不休呢，那分得让所有人都能吃到就好了。按我说的分怎么样？首先将这个“奔跑甜瓜”像这样切成五份，这两份是你和你爷爷的，这三份可以分给三个小孩，嘻嘻。剩下的那个三明治，就进我佐罗力的肚子吧。

这样大家都开心！

只有你开心吧！

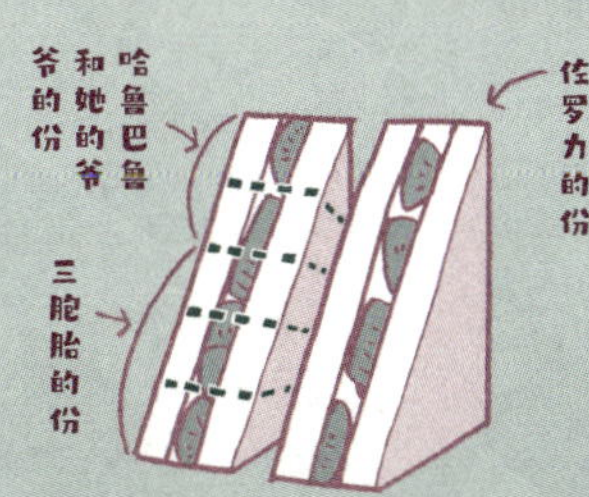

案件就这样被解决了。据说从那以后，可疑的小摊再也没有出现过。“特立独行三明治”店也发生了变化。

听说那次案件发生之后，每人每天最多只能买五个“奔跑甜瓜”了。

这样一来，就有更多人能买到了！
我觉得朋友之间分享一个“奔跑甜瓜”也不错。

啊，对了，你们知道现在店里还卖这个吗？

嗯？这个是……果汁？

它叫“品尝甜瓜后再喝的矿泉水”？

据说从外包装上看它就是普通的水，但其实是一种喝起来有苦味的整蛊饮料。

这个包装上画着的……怎么看都像是那家伙啊！

被黑暗吞噬的甜瓜三明治

#5 黄金妖怪像失踪之谜！疑云密布的马戏团

“非常感谢大家前来观看我们的马戏团——‘妖怪·德·马戏’的告别演出！”

团长带头鞠躬，马戏团的成员们也跟着深深鞠躬。观众席中爆发出热烈的掌声。

“妖怪·德·马戏”马戏团的告别演出就此落幕。

观众们依依不舍地离开座位，向会场出口走去。就在这时，舞台后方传来了团长的惊呼。

“啊——！不见了！黄金妖怪像不见了！！”

“妖怪·德·马戏”马戏团的吉祥物——金光闪闪的黄金妖怪像消失了。这尊黄金妖怪像之前一直被放置在舞台上，现在却不见了踪影。它究竟去了哪里？由名侦探米克尔带来的名为“完美解谜”的演出即将拉开序幕。

案发现场

“妖怪·德·马戏”马戏团的吉祥物——黄金妖怪像。演出时它还在这里。

空中秋千表演，一位演员倒挂在秋千上，另一位演员正朝他飞跃而来。

让观众看得提心吊胆的自行车走钢丝表演。

站在滚动的球上，沿着舞台一周进行抛接球的杂耍表演。

三重火圈穿越表演。

木箱插剑魔术表演。

钟爱看马戏表演的少年，正哭得稀里哗啦。

案件相关人员

（愉快的马戏团成员们）

成员们全都穿着有名的时装设计师尼克设计的舞台服装，据说为了让观众更专注地欣赏表演，马戏团全员都要穿同样的衣服上场。

精彩的表演刚结束，名为“完美解谜”的加场演出即将上演……就让我米克尔这个名侦探用精彩绝伦的表演，来回应观众的期待吧！

当米克尔在现场查探消失的黄金妖怪像的线索时，刚介还是和往常一样，被人误认为是警察，他把案件相关人员都召集到了一起，接着米克尔开始询问情况。

话说在前面，这事跟我没关系！

这些都不重要，重要的是我表演得很不错，对吧！

不好意思，我去一下厕所。

咦？不是我干的，请不要把我和其他人弄混了好吗！

啊……完全搞不清楚谁是谁！
你们为什么要打扮成相同的样子啊？

哈哈，这是**为了让观众把注意力集中在演出本身上。**观众要是看到了演员的样子，就会情不自禁地关注演员的外在条件，如长得帅不帅、身材魁梧还是矮小之类……我说得没错吧？

你是负责设计演出服装的尼克先生吗？
你给出的这个理由我倒是可以理解。
不过这会给破案增加相当大的难度呀。

哈哈，那好吧，请稍等一下。奇迹奇迹快快显灵，尼克尼克克！

念完咒语般的台词后，尼克迅速帮马戏团成员们卸掉了特效妆、换下了演出服。

让我们重新认识一下 案件相关人员

萨尔廷
（马戏团团长）

尼克
（舞台演出服设计师）

帕昂
（马戏团的少年粉丝）

辘轳首
（表演钻火圈的演员）

戈尔贡
（表演自行车走钢丝的演员）

蜘蛛女
（表演空中秋千的演员之一）

丹迪·约翰逊
（表演空中秋千的另一位演员）

独眼小僧
（表演木箱插剑的演员）

唐伞小僧
（表演球上杂耍的演员）

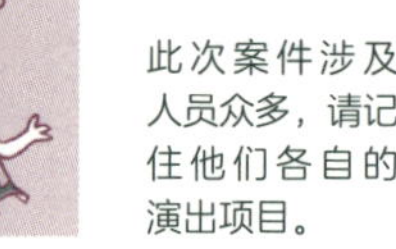

此次案件涉及人员众多，请记住他们各自的演出项目。

你们马戏团的成员真是个性鲜明啊！对了，今天为什么是告别演出呢？

因为出台了“新法”，说我们马戏团的表演很危险，所以被取缔了。

不过前来观看表演的观众都很开心。

由于出台了新的法律，禁止极端危险的演出，所以马戏团只好被迫解散。

万事以安全为重。可如果无法给观众带来惊险刺激的感觉，就不是马戏表演了，于是我们决定在最后的告别演出上呈现最完美的表演。

确实是一场别开生面的视觉盛宴啊！

平时演员们都是一个一个登场，按顺序表演，但在这场告别演出中，演员齐上阵。

精彩的表演同时上演，令人目不暇接，观众都沸腾了。

对了，**表演时有个男孩哭得一塌糊涂。**

是**帕昂**吧。他是我们马戏团的头号粉丝，凡是我们的演出他总是在场。刚刚演出时他还大喊着“不要解散”，所有人都注意到他了。

不过当时辘轳首立刻把脸伸到男孩旁边，扮鬼脸逗他笑来着，后来大家都跟着大笑起来。

要我说的话，那位观众也算是我们团的一员了。

啊，能将现场的突发事件变成表演的一环，真不愧是专业的表演团队。

今天这场演出也算是给我们的马戏团画上了完美的句号。但没想到，黄金妖怪像不见了……真是太可惜了！

团长，这个案子就交给我吧。我米克尔一定会将案件以及黄金妖怪像的下落查个水落石出。

找到的线索

让我们跟随名侦探米克尔一起看看本次案件的线索吧，破案的关键一定就在这里！

线索 1 消失的黄金妖怪像

雕像是用真金打造的。团长说这是马戏团的吉祥物。

嗯，黄金妖怪像本身就价值不菲，更何况它还见证了马戏团的历史，对团员来说一定是非常重要的物品。

线索 2 华丽的告别演出

虽然我来看过好多次他们的表演，但如此华丽的舞台还是第一次看到。

舞台布置上似乎也花了大价钱呢。

线索 3 位置奇特的舞台

舞台位于会场中心，周围是观众席。

观众不但能看清正在进行的表演，还能看到其他观众的脸。

线索 4 因哭泣而引人注目的男孩——帕昂

这是那位在演出时哇哇大哭的粉丝，他一哭，大家就都看向他了。

他身上那件印有河童图案的 T 恤真显眼。

线索 5 五个表演项目

居然能同时欣赏五个表演项目，真是一场令人眼花缭乱的演出啊！

是啊，关于每个表演项目，我们之后再依次详细打听一下吧。

线索 6 此次案件中没有佐罗力的身影？

米克尔，你东张西望地看什么呢？啊，难道说佐罗力不在，你很寂寞吗？

啊？怎么可能？我只是有点儿意外，总觉得这种出乱子的时候少不了他。

询问情况 ▶▶

询问情况

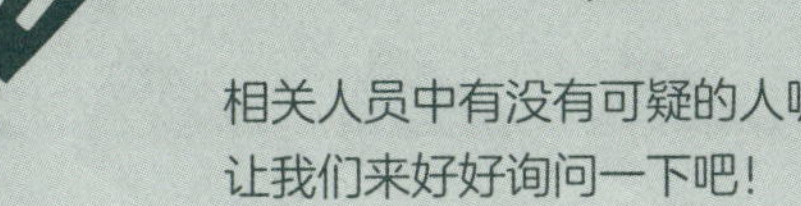

相关人员中有没有可疑的人呢？
让我们来好好询问一下吧！

相关人员 ①

萨尔廷（马戏团团长）

那可是一尊承载着马戏团历史的雕像啊！

团长垂头丧气。据他所说，这尊黄金妖怪像是马戏团刚成立不久时，在某个国家演出结束后该国皇室赏赐的宝物。

不过，我刚才好像在舞台上见过那尊黄金妖怪像。

在演出过程中，黄金妖怪像一般都被摆在舞台靠后的位置，今天也不例外，但不知道什么时候它就不翼而飞了。

与平时不同，告别演出需要演员们全员上场表演，这不会出什么问题吗？

没关系的，因为演员们对各自的表演项目都非常熟悉。不过话虽如此，**演出能够不出意外地谢幕，真是太好了。**

咦？为什么这么说？

我们马戏团已经成立好多年了，设备也好，舞台也好，到处都有些小毛病，经常发生火点不着、音乐不响等意外状况。

原来如此，你在后台或其他地方见到过什么可疑的家伙吗？

警察先生，你也瞧见大家的装扮了吧？就算真有不认识的家伙混了进来，大家穿得一样，我也认不出呀。

嗯，也是。听说在表演的时候，有个小男孩哭了？

那孩子啊，他经常来。对了，**他平时都是穿校服过来的，今天还是第一次看到他穿 T 恤。**

相关人员②

尼克（舞台演出服设计师）

哎呀，真是的。我没做什么坏事吧？哈哈。

你今天一直在后台吧？后台有什么不寻常的事发生吗？

这个嘛，倒也没什么大事。**今天我给团里的一位助手也准备了服装，化了特效妆。**

这不就是不寻常的事嘛！可疑！太可疑了！

哎呀，真是的。没什么大不了的啊，正常啦，正常。**他戴着高筒礼帽、黑色口罩，身披斗篷……**

是佐罗力。

佐罗力竟然成了马戏团里的助手。
这么看来，消失的黄金妖怪像很有可能是佐罗力偷的。

咦？我从头到尾都在认真看表演，有助手参与吗？我觉得舞台上的成员人数好像一直没变呀。

也就是说，**佐罗力代替某位成员进行了表演**，而且他们有可能还是共同嫌疑人。

哎呀，真是的。这个助手真是胆大呀，胆大到让我有些佩服呢……

佐罗力到底代替谁进行了表演呢？
被他代替的马戏团成员那时又在干什么呢？
案件变得更加扑朔迷离了。

相关人员③

帕昂（马戏团的少年粉丝）

我的梦想是将来成为马戏团的一员，进行各种演出。

帕昂是“妖怪·德·马戏”马戏团的超级粉丝。
从他T恤上的图案来看，他应该很喜欢河童吧。
与询问马戏团的成员时不同，米克尔他们是在马戏团的帐篷外向少年打听情况的。

你大哭的时候，观众和马戏团的人都注意到了呢。

呜……因为……一想到马戏团就要解散了……我就……哇哇！

哎呀！刚介，你把他弄哭了！

帕昂大哭起来，米克尔目不转睛地盯着他身上的T恤。

我知道该怎么做了！**被佐罗力换掉的那位马戏团成员可能没见过这个！**

哎，米克尔？你说没见过什么？

我是说这件T恤上印的河童图案。
演出时，所有成员都注意到了大哭的帕昂。他们应该也同时注意到了这件T恤才对。只有被佐罗力换掉的那位成员可能没看见。

这么说来，在之后的问询中，如果有谁不知道T恤上印了什么图案，那么那个人就是……

帕昂，你今天好像是坐在舞台右侧的观众席上，对吗？

是的。坐在侧面的观众席上看演出，感觉和平时看马戏完全不同，非常有趣呢！
虽然**有些地方也看不清楚啦**，嘿嘿。

相关人员④

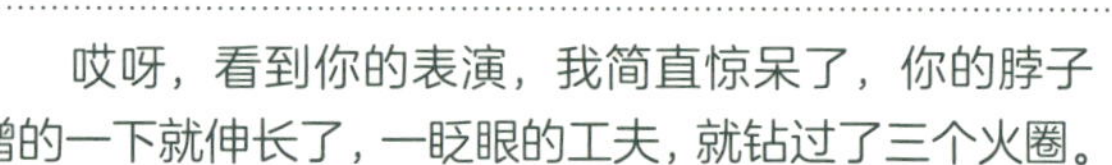

辘轳首（表演钻火圈的演员）

哎呀，看到你的表演，我简直惊呆了，你的脖子噌的一下就伸长了，一眨眼的工夫，就钻过了三个火圈。

谢谢夸奖啦。没出什么岔子，顺利地完成了最后的舞台表演，真是太好了。前不久我们这儿的照明出了点儿问题，现场一片漆黑，一下子就从马戏团变成鬼屋了，哈哈哈。

之前号啕大哭的帕昂见到你后，立刻就不哭了呢。

你说当时那件事呀。他愿意暂时忘记难过，重新展露欢颜，我还要感谢他呢。**那孩子今天穿的不是校服，是一件印有河童图案的 T 恤。**

相关人员⑤

戈尔贡（表演自行车走钢丝的演员）

我只不过是在钢丝绳上骑自行车，很简单的工作啦。

戈尔贡爽快地说。她的表演项目是在舞台上空绷紧的绳子上骑自行车。

不过自行车曾在钢丝绳上爆过胎，当时我的心都快跳出来了。因为那时候用的自行车太破旧了。我的墨镜也掉了下来，现场的观众差点儿变成石头*。

原来还有这种事啊。你今天的自行车亮闪闪的，是新买的吗？

对了，你还记得今天大哭的那个男孩穿的 T 恤上印着什么图案吗？

你说帕昂呀？因为墨镜和特效妆的遮挡，我看得不太清楚，**看起来有点儿像河童。**

* 这里采用了戈尔贡三姐妹的设定，戈尔贡三姐妹是希腊神话中的蛇发女妖，是海神福耳库斯的女儿。她们的头发是一条条蠕动的蛇，任何看见她们面容的人都会立即变成石头。三姐妹的名字依次为丝西娜、尤瑞艾莉、美杜莎。——编者注

相关人员⑥

蜘蛛女
和丹迪·约翰逊
（表演空中秋千的演员）

我就一直倒挂在秋千上荡来荡去，一会儿接住丹迪，一会儿再把他抛起。

这么说，你可以在倒挂的状态下看清事物？

好厉害，要是换作我们，早就晕头转向了。

蜘蛛女和丹迪的双人演出十分精彩，二人的身姿如同翻飞的蝴蝶。米克尔很快就问起了T恤图案的事。

我想问一下，今天有个男孩穿了件T恤……

啊，我知道，你说的是帕昂！
他T恤上的胡子大叔图案，我看得一清二楚呢！

哈哈，**不对吧，是河童图案吧**？

河童？怎么看都是一个胡子大叔啊。

这……总之，先把所有人都问完再说吧。

相关人员⑦

独眼小僧（表演木箱插剑的演员）

你问帕昂 T 恤上的图案啊？
我当然知道啦！**是河童，河童！**

哦？你当时明明在木箱里，还能看得这么清楚啊。

的确，登台时我被关在木箱里，**但是剑插进木箱之前和之后，我都会把木箱盖打开，就像开门那样，那时我能清楚地看到观众席。**

独眼小僧表演的节目是木箱插剑，也就是他先进入木箱，然后别人从外面将十把剑插进木箱里。将剑全部插进去后，再拔出来，最后打开盖子，观众会惊讶地看到独眼小僧毫发无损地走出来。

今天生病住院的妈妈来看我了。
因为这是我最后一次演出，所以医院批准她外出了。
在我小时候，妈妈就经常带我去看马戏……
真让人怀念呀。

相关人员⑧

唐伞小僧（表演球上杂耍的演员）

侦探们，我的表现怎么样？很精彩吧？

唐伞小僧的表演项目是站在大球上，把五颜六色的球抛向空中，然后再接住。

当时有一位男孩在观众席上大哭，你有印象吗？

记得，你说的是帕昂吧？他今天罕见地没穿校服，而是**穿了件很特别的 T 恤，上面印有河童的图案。**

嗯……我们试着总结一下搜集到的线索吧。

推理 开始 ▶▶

米克尔的推理

在马戏团的舞台上跳起无人能敌的舞蹈，米克尔的大脑全速运转！

谜团 1 ▶▶ 演出时不在台上的是哪位马戏团成员？

如果助手佐罗力登台了的话，他替代了谁呢？所有参加演出的演员都应该回答对的河童图案，只有一个人答错了。

谜团 2 ◀◀ 最后一次的完美舞台

团长说由于表演用的大小道具都很破旧，平时演出时总会发生一些意外，不过这次的舞台布置堪称豪华，演出也完美落幕，而且还是全员齐登台的特别演出。黄金妖怪像的消失会和这次的豪华舞台有关吗？

谜团 3 ▶▶ 黄金妖怪像的下落

作为“妖怪·德·马戏”马戏团吉祥物的黄金妖怪像是用黄金制成的，价值不菲。

佐罗力的目标真的是这尊黄金妖怪像吗？

我米克尔一定会找出案件的真相！！

看我的！

给读者的挑战书

此次案件中有个关键点：
佐罗力究竟替代了哪位成员呢？
如果弄清楚了这一点，
事件的真相就浮出水面了。
我们期待你的完美推理。

真相将在“解决篇”中揭晓

解决篇

那么，米克尔的马戏团解谜表演即将开始！

米克尔站在舞台的聚光灯下，环视了一周坐在观众席上的案件相关人员后，高声宣布道。

你是说，你已经知道黄金妖怪像的下落了吗？

嗯，在此之前，我想先来谈谈此次案件中的一大关键点。

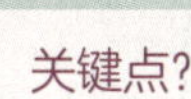

关键点？

是的。今天是马戏团的告别演出。但其实**有一位成员没有登上舞台。**

怎么可能？！没有登台的话，是会被立刻发现的啊。啊？难道是靠**特效妆**！

没错，在尼克先生给演员们画上完美的特效妆后，连团长都说分不清谁是谁。

接着米克尔告诉大家，马戏团的演出助手可能混入舞台，代替某位演员进行了表演。

偏偏挑在告别演出上，找别人替演？

是啊，确实令人难以理解。

所以，这个人**一定有不惜找人替演也要实施自己计划的理由吧。**

那么，是谁？

你说的那个被替换的演员是谁？

暴露他身份的线索，就在**帕昂的T恤上**！

我……我的T恤？

帕昂十分惊讶。他再次回忆了演出过程中，特别是自己大哭时发生的事。

在帕昂号啕大哭的时候，不只演出的马戏团成员们，甚至在场观众也都注意到他了，所以大家应该都会被他的T恤上那极富冲击力的图案吸引到。

哎呀，真是的。我一直在舞台后面，所以什么都不知道。

嗯，尼克和团长除外，我是指一直在台上表演的演员们。

刚才在了解情况的时候，我们依次询问了各位对帕昂T恤上的图案是否有印象。

只有一个人，和大家的答案不一样。

那就是……蜘蛛女。

啊，我？！

是的，大家的答案都是“河童”，只有你回答看到了“胡子大叔”。

可我看见的确实是胡子大叔，我没有撒谎。

但是，再怎么看，也不像胡子大叔啊。

其实……蜘蛛女说的是实话。
我认真回忆了一下她在舞台上的动作。

空中秋千……啊，她是倒着看的？！

哈哈，没错。她从舞台上看到的一切都是上下颠倒的！如果把河童的图案倒过来看的话……

米克尔让帕昂倒立，于是他T恤上的河童图案也上下颠倒过来……

我看到的就是这个样子！

天哪！河童倒过来的话……看起来就像个胡子大叔！

米克尔刚才说帕昂T恤上的图案就是破案线索。只有一个人的答案和其他成员的不一样，那个人就是蜘蛛女。因为她在空中秋千上看到的图案与其他人看到的图案是上下颠倒的。

等等，其他的成员都回答了“河童”吧，也就是说所有人都在台上看到了哭泣的帕昂？

喂……米克尔，那我们刚才的调查有意义吗？

哼，怎么能这么说呢？我已经掌握了决定性证据。

我们要转换思考方式，**有人在舞台上是绝对看不到河童图案的。**

米克尔说着，让相关人员坐到舞台右侧的观众席处，也就是帕昂今天所坐的位置附近。

坐在这里与坐在正对舞台的观众席上看到的景象完全不同。

当时帕昂坐在这里。但是表演某个项目的演员是不可能从台上看见帕昂的，那个演员就是你——

米克尔喊出的名字，正是表演木箱插剑的演员的名字。

请等一下，就像我刚才解释的那样，虽然我一直待在木箱里，但是**剑插进去前后，我都会打开盖子，所以是可以看见观众席的**！

事实真是如此吗？
卡露塔，能请你进一下木箱吗？

怎么可能真刺啊？放心吧，你进去一下就好。
卡露塔，怎么样？能看见观众席吗？

现在，你把盖子打开。

这个道具外表看上去是木箱，其实里面有个把手。卡露塔一拧把手，盖子就向左打开了。

这样我就能清楚地看见观众席了！

怎么样？大家能看到卡露塔的脸吗？

啊！！**完全被木箱盖挡住了啊，别说脸了，连影子都看不见！**

确实，那时候我也只是看到了木箱盖。

……

没错，由于木箱盖是向左打开的，所以在木箱盖的遮挡下，独眼小僧根本无法看到帕昂 T 恤上的图案。

等一下，可是我们之前询问时，独眼小僧不是说他看到了河童图案吗？

帕昂是“妖怪·德·马戏”马戏团的忠实粉丝，马戏团的成员们都认识他，所以大家知道他穿什么衣服也很正常吧。

不，他以前来的时候总穿着校服。
今天是头一次见他穿 T 恤。

嘿嘿，**虽然演员在台上看不到帕昂，但如果是在观众席上，又会怎么样呢**？

你说什么？他当时不是在舞台上吗……啊！莫非，舞台上的是助手？

正是这样！**独眼小僧与经尼克化特效妆后的助手换了身份。表演期间，真正的独眼小僧就坐在观众席上！**

真不愧是名侦探。
你说得没错，我当时确实是在观众席上。

独……独眼小僧！你为什么要这么做！

独眼小僧说着“对不起”，深深地垂下了头，道出了真相。

今天，一直在住院的妈妈来看我们的演出了，是医院特批她外出的……

于是你就陪着妈妈一起看了表演，对吧？

小时候，我经常和妈妈一起看马戏，那真是一段愉快的回忆。我也想让妈妈看看“妖怪·德·马戏”马戏团的舞台表演。**今天我还想和以前一样，坐在妈妈身边看马戏**……

临近开演前，独眼小僧脱下表演服，走向了观众席，他的妈妈在那里等待着他。

帕昂大哭时，独眼小僧从观众席上看见了他，并记住了他的T恤上的河童图案。

演出结束后，独眼小僧重新换上演出服，若无其事地回到了舞台上。

不过，你为什么会找佐罗力代替你呢？

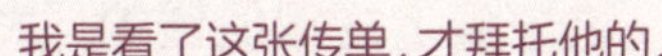

我是看了这张传单，才拜托他的。

咦？万能工？

传单上印着一个狐狸形象的标志，旁边写着“从捏肩到替身，什么都能干”。独眼小僧相信了这些话，于是就拜托佐罗力替自己完成马戏团的表演工作。

演出结束后，佐罗力和黄金妖怪像都消失了。也就是说……

偷黄金妖怪像的人除了他不会有别人了。

说曹操，曹操到……就在真相大白的时刻，那个人出现了。

喂！

开什么玩笑！

这个看上去很值钱的“黄金”雕像，我拿去卖，结果被告知它是用假黄金做的！

不光偷东西，还回来倒打一耙！

马戏团团长立刻冲向佐罗力，从他手中夺回了妖怪像。

等等！**这确实是假的！**
真……真正的黄金妖怪像到底在哪里？

团长愕然。就在这时，除独眼小僧外的所有成员都低头赔罪。

团长，非常抱歉！

黄金妖怪像不见了，其实是我们的错。我们把它拿去换钱了……

钱都花在了今天的舞台上。

你……你们……

马戏团成员们道出了令人吃惊的真相，原来他们把真正的黄金妖怪像卖给了二手道具店，换成了钱。大家用这些钱修缮了那些陈旧的舞台道具。因为他们想在最后的告别演出上，把最完美的表演呈现给观众。

成员们做了一个假的雕像，布置在了舞台上。他们打算将来再一起攒钱，把真的雕像从二手道具店赎回来。

团长！我们一定会把真的黄金妖怪像赎回来的。就算你把我们交给警察，我们也没有怨言！

你们在说什么呀！这个就是“妖怪·德·马戏”马戏团的金像，是世界上独一无二的珍宝，里面饱含了大家竭尽全力让观众满意的真心。

团……团长……

那之前被卖掉的金像就归我了！

如果你们想买回去的话，请联系我哟！

到这时候了，你还是这么厚颜无耻！

案件就这样被解决了。“妖怪·德·马戏”马戏团解散了，成员们都走上了不同的人生轨道。

大新闻！听说独眼小僧的妈妈看完马戏表演后，精神状态好转，今天已经出院了。

啊，那太好了！

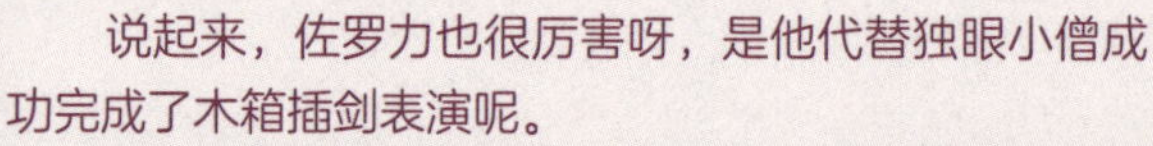

说起来，佐罗力也很厉害呀，是他代替独眼小僧成功完成了木箱插剑表演呢。

表演完就去偷东西……他还真是能干啊！

这个能干的家伙最近似乎大赚了一笔呢。

诺，你们看这个。

什么？“身受万剑也能毫发无损。佐罗力的魔术革命”入场费两千元。

那家伙……居然利用从马戏团学到的魔术手法，大赚了一笔啊！

黄金妖怪像失踪之谜！疑云密布的马戏团

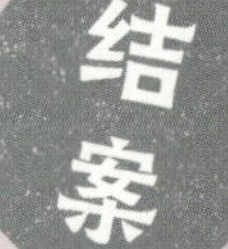

#6 未能响起的抢答器！火花四溅的节目现场

“这位选手能否拿到一千万元的奖金呢？梦想就在眼前，请说出最后一题的答案吧！”

资深主持人米罗·蒙太大声喊道。与此同时，伴随着震耳欲聋的爆响，演播室里火柱冲天。

观众席上顿时响起了热烈的掌声。然而……

“太可惜了，时间到！千万大奖挑战失败！”

很快就到了规定时间，可不知怎么回事，参赛者爱迪森什么也没说。这个结局太出人意料了，演播室里议论纷纷，就在此时，离奇的事情发生了。

“啊！机……机器坏了！”
“喂！另一位参赛者不见了！”

坏掉的机器，消失的参赛者……

对坐在观众席上的米克尔来说，真正的好戏才刚刚开始。

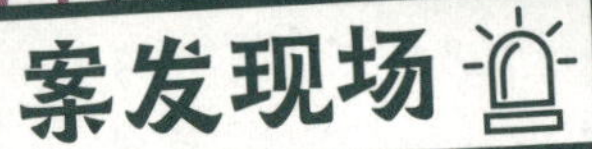

最后一问

能答上来吗？

一千万

来到最后一问时，伴随着爆响，舞台上喷射出华丽的火焰。

时隔十年，有人再次答对了前面九题。

米罗·蒙太坐在装饰华丽的吊舱里主持节目。

0

9

另一位参赛者佐罗力不知何时消失了。

连接抢答按钮的机器坏了。

案件相关人员

爱迪森

（小镇工厂的技术人员）

在工业区的小镇工厂负责"未来轮椅"研发的技术人员。他这次前来参加问答节目是为了筹集研发经费。

猫岛

（电视台导演）

专注于提高节目收视率的导演。他总是想办法用最少的预算最大限度地提高节目收视率。

米罗·蒙太

（资深主持人）

"想改变你的人生吗？千万大奖在等你！"米罗是设定了巨额奖金的《噼里啪啦火花问答》节目的主持人，在业内活跃了许多年。

元响

（节目组工作人员）

负责节目的现场布置和照明等工作。在节目录制结束时，她发现连接抢答按钮的机器坏了。

米克尔，明明你破案时能快速解开案件中的种种谜团，为什么到了问答节目，就完全不行了呢？

啊……我没通过预赛。那家伙凭什么入选了！

没想到佐罗力还挺厉害的，竟然以第二名的成绩通过了预赛。

其实米克尔今天也参加了这个问答节目，但在预赛中就被淘汰了。淘汰后，他便坐在观众席观看节目。

这个预赛中获得第一名的选手爱迪森是怎么回事？

明明一直到决赛的第九道题为止，都是全对，但在最后一道题的时候，他竟然连按钮都没按……

进入决赛的选手是爱迪森和佐罗力。决赛共有十道抢答题，正确回答出更多问题的一方将获得五十万元的冠军奖金。

如果能正确回答出决赛中的全部问题，将获得一千万元的超级大奖。

他当时是不是肚子饿了？
今天的盒饭似乎送晚了呢……（咕噜噜）

噗，他又不是你，应该不是因为这个。

明明当时观众都在为爱迪森加油……听到他说想用赢得的奖金研发“未来轮椅”时，我深受感动。

爱迪森是一名为腿脚不便的人研发轮椅的技术人员，他正在研发的“未来轮椅”可以不受高度、坡道、距离的影响，轻松移动到任何地方。他曾公开表示自己的梦想就是赢得奖金，将其作为研发经费的一部分。

如果答错了，倒也没什么，可是他连答都没答，未免也太可惜了。

消失的佐罗力，因闭口不答而错过了千万大奖的参赛者，坏掉的机器……我虽然在智力问答中败下阵来，不过仍可以用我的完美推理来挽回颜面！

这次的问答节目，谜团重重，米克尔是否能够出色地查明真相呢？

唉，就算案件侦破了，也没有奖金！

对名侦探来说，查明真相才是最好的奖励，甚至比一千万元更有价值……

（其实如果能拿到一千万元就更好了。）

……喀喀，没什么，没什么。走，我们快去寻找线索吧！

找到的线索

让我们跟随名侦探米克尔一起看看本次案件的线索吧，破案的关键一定就在这里！

线索1 十年一遇的千万大奖

现场气氛非常热烈，到时候电视机前的观众朋友应该也会很兴奋吧。

毕竟是十年一遇的千万奖金挑战，节目组的工作人员也非常激动吧。

线索2 『未来轮椅』的研发

大家应该都希望爱迪森能赢得奖金，实现梦想吧。

一千万元可不是个小数目啊，可他却说“作为研发经费的一部分”，一千万元都不够吗？

线索3 主持人乘坐的吊舱

他是很有名的专业主持人米罗·蒙太。无论是他穿的衣服，还是乘坐的吊舱，都非常豪华呀。

在节目录制过程中，他就这样一直待在上面，台词本和矿泉水都放在他旁边。

线索4 坏掉的机器

这台连接抢答按钮，并为其提供电源的机器好像坏了呢。

直到最后一题之前，抢答按钮都有反应呀，机器究竟是什么时候坏的呢？

线索5 随着爆响喷出的火柱

真是显眼的机关啊。砰的一声，大家的注意力都会被火焰吸引。

是啊，响声震耳欲聋，那之后我有好一会儿都听不见刚介他们说话。

线索6 节目拍摄结束后消失的佐罗力

佐罗力很擅长智力问答呀，太让我吃惊了。米克尔完败了。

呵呵，一定有什么内幕！话说回来，佐罗力又为什么会消失呢？

询问情况

相关人员中有没有可疑的人呢？
让我们来好好询问一下吧！

相关人员①

爱迪森（小镇工厂的技术人员）

明明只差一点点了……我的梦想，“未来轮椅”的研发经费……唉。

虽然没能拿到千万大奖有点儿遗憾，不过至少还能拿到五十万元的冠军奖金，对吧？打起精神来呀！

不过听你之前的口吻，**哪怕一千万元也不够支撑研发吧**？

我觉得试制样品需要一亿元。
不过一千万元对我们这种小工厂来说，也是一笔巨款了。
为了实现梦想，我很需要这笔奖金。

观众席上的所有人都深受感动，都在为你加油呢。

我想研制出一款在有台阶的场所、坑洼的道路上也可以安全移动的轮椅。气垫船式、履带式……我要挑战各种各样的可能性。

爱迪森兴奋地说着。其实这些话他在节目拍摄前也说过。

在候场室里，我热情洋溢地向米罗先生阐述了我的构想，他听后大笑着说：“需要一亿元的话，你得挑战十次呢！”
他的话让我放松了不少。

对了，为什么最后一道题，你没有按下抢答按钮呢？

关于这一点……**其实当时我是按了按钮的，但是没有反应！**

爱迪森咬着嘴唇，脸上流露出悲伤和不甘。

所以最后一道题你并不是放弃了回答，而是无法回答？！

猫岛（电视台导演）

警察先生，这个节目可以按时播出吗？案件引发的骚乱是在录制后发生的！时隔十年的千万大奖挑战，收视率肯定很高，拜托了。

十年一遇啊。如果每周都能出一个挑战成功的选手的话，一定会成为热门节目吧？

不行不行！如果每周都支付一千万元，电视台会倒闭的。本来节目的预算就已经被削减了……

猫岛导演讲述了最近的业界情况，就算节目的人气很高，但如果花销太高，节目也有可能被停掉。

有一种方法，无须支付一千万元的奖金，也能取得高收视率哟。

什么？是什么好方法啊！请务必告诉我！

在最后一道题的时候，让抢答按钮失灵。

别看不起干我们这行的！我绝对不会干这么卑鄙的事！虽然节目组没多少钱，但是工作人员们为了让节目火起来，都在拼命地努力着！

不好意思，因为刚才爱迪森先生说在回答最后一道题的时候，抢答按钮没有反应。

我们在各方面节省经费，比如把多余的台词本当成笔记纸用，就是为了制作出好的节目！

如果传出抢答按钮被故意弄坏之类的传闻，那就麻烦了！

米克尔他们被猫岛导演对待工作的热情惊到了，不仅如此，他们还发现他是一个精打细算的电视从业者。

如果案件解决了，请允许我把它做成特别节目播出！“错过千万大奖的人——未响的抢答器之谜”，收视率一定超高！哈哈哈！

相关人员③

米罗·蒙太（资深主持人）

虽然结局很遗憾，但现场的气氛还是异常火爆呢。

出现在米克尔他们面前的是在演艺圈活跃了四十多年的米罗·蒙太，他担任这个问答节目的主持人已经二十五年了。

在你看来，录制过程中发生过什么怪事吗？

有啊。盒饭在比赛中场休息期间没有送到，害得我饿着肚子主持决赛。

听见了吧？我肚子的声音……轰！

呀！那是火柱的爆响吧！

哈哈哈！开个玩笑。啊，对了……

要说怪事嘛，预赛的时候，观众席上有对野猪兄弟的表现不知道算不算奇怪，那位名叫佐罗力的选手每次回答问题时，他们都会做出某种手势。

哦？有这么两个人？我在比赛时注意力太集中（实际上是太紧张了），所以记不清了。

对了，米克尔，预赛时，最后一问你答对了，你那股坚持不懈的精神简直太令人敬佩了，你知道吗？**当拼命努力的人陷入危机时，大家都会想要为他加油。**现场和电视机前的观众都是这样。比如棒球比赛中，看到弱队拼命从强队手中夺走一分，观众就会很兴奋，对吧？在这个世界上，并不是只有强大的人才是英雄，英雄可以是各种样子的。

米克尔隐约明白了为什么爱迪森说和米罗交谈后会感到放松。

只要有人不断前来挑战，演播室里就会不断上演各种各样的剧情。**我想把这个节目一直做下去。**

不过，还是希望盒饭可以按时在中场休息时送到。哈哈哈！

相关人员④

元响（节目组工作人员）

真是的，到底是谁往机器上泼水了！
机器都短路了！已经修不好了！

元响在演播室后面一边收拾着节目用到的设备，一边气愤地嘟囔个不停。

怎么回事，被泼水了？能让我看看那台坏掉的机器吗？

就是它！被水浇了个透。就是因为给作答区供电的这台机器短路了，所以抢答按钮才失灵了。

哦？机器是什么时候坏的？

应该是在最后一问之前，火柱喷射时坏掉的吧，因为在那之前，按钮是有反应的。

不过，我重看了一下当时的录像，没有发现可疑的人……

水到底是从哪里泼上去的呢？咦？**机器上面的部分特别湿，而且水溅得到处都是……**

元响，这下糟糕了！本来节目组的预算就很有限，现在机器又坏了。

啊，这点倒完全不用担心！这台机器太旧了，修了又修，才勉强用到现在，我正想着也差不多是时候让电视台给我们节目组换一台新的了。

米克尔的推理

虽然问答比赛上的成绩不尽如人意，但只要跳起舞来，米克尔的大脑就能全速运转！

谜团 1 ▶▶ 坏掉的机器

在爱迪森回答最后一题时，由于机器损坏，尽管选手爱迪森按下了抢答按钮，抢答器却没有响起，于是爱迪森就这么与千万奖金失之交臂。

恐怕是有人想要阻止他得到一千万元的奖金吧。究竟是谁？他为什么要这么做呢？

泼在机器上的水 ◀◀ 谜团 2

机器会坏掉，是**因为机身被水泼到，造成了短路。**
水是从机器上方浇下去的。
到底是谁干的？嫌疑人是在什么时候泼的水呢？

谜团 3 ▶▶ 消失的佐罗力

在预赛中，佐罗力接连答对问题，成功进入决赛。

进入决赛的佐罗力别说按按钮抢答了，他全程一句话都没说，而且节目录制一结束就不知所终了。他为什么会消失呢？

我米克尔一定会找出案件的真相！！

看我的！

给读者的挑战书

一位选手为了研发出“未来轮椅”，
参加了最高可获得一千万元奖金的问答大赛。
究竟是谁在阻挠他呢，原因又是什么？
我们期待你的完美推理。

真相将在“解决篇”中揭晓

解决篇

诸位！问答节目还没有结束哟！

此次案件的嫌疑人到底是谁？让我来完美地解出这最后一题吧！

米克尔把所有相关人员都召集到演播室内。

猫岛导演干劲满满地录制着米克尔的推理过程，打算之后当作特别节目播出。

摄像机都开着呢。

侦探先生！机会难得，不如借此机会一雪前耻吧？

一雪前耻？怎么一雪前耻？

这还用说吗？用问答节目的形式呀！

就是由我来抛出谜题，你来解答。

在预赛中，你没能大显身手，那现在在这里挽回名誉怎么样？

不愧是常年活跃在演艺界的名人啊。好吧，让我们开始吧！

就这样，参赛者米克尔开始了名为“解谜问答”的附加赛。

那么，请回答第一个问题！

“关乎一千万元奖金归属的最后一问，爱迪森为什么没有回答？”

和真正的问答节目拍摄时一样，计时器嘀嗒嘀嗒地进行着倒计时。米克尔不慌不忙地按下抢答按钮。

当然，由于机器已经坏了，按下去也没有反应。

答案正如你所见：

因为这台机器坏了，即使爱迪森按下抢答按钮，它也没有反应！

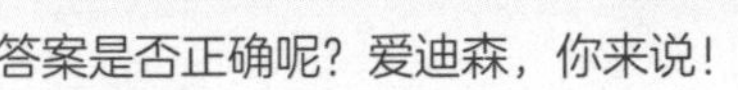

啊？我来回答吗……是的，正是如此！

好，那么这就是正确答案！接下来是第二个问题！

“机器是谁弄坏的？”

机器是被此次案件的嫌疑人刻意弄坏的。

显然，我没法对着嫌疑人问“嫌疑人先生，请问米克尔的答案是否正确呢”。所以，让我们快进到核心问题吧！米克尔先生！

紧接着，一贯给人明快爽朗印象的主持人米罗突然脸色一变，严肃地逼问米克尔。

请回答第三个问题！“直接说吧，此次案件的嫌疑人是谁？”

啊！直接问嫌疑人的名字吗？

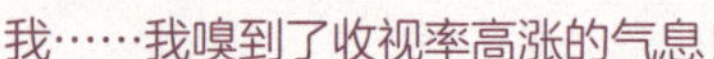

我……我嗅到了收视率高涨的气息！

在一片嘈杂声中，米克尔一脸自信地说出了这个问题的答案。

嫌疑人就是你——**米罗·蒙太**！

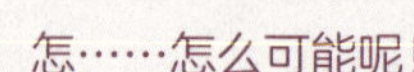

怎……怎么可能呢！

案件相关人员此刻都已成了这场“解谜问答”附加赛的观众，米克尔的回答令他们议论纷纷。不过被点到名字的当事人却恢复了他明快爽朗的风格，继续主持节目。

真不错啊，米克尔先生！你简直太棒了！

“没有剧本的戏剧”才是电视节目真正有趣的地方啊。因为无法猜到接下来会发生什么，所以才让人着迷。

米克尔的答案是正确答案吗？

让我们继续问下去吧！

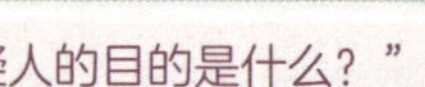

来到第四个问题！“嫌疑人的目的是什么？”

哈哈，别一直问这么简单的问题好不好？

当然是为了阻止爱迪森拿走一千万元奖金了。

那么继续，第五个问题！

“嫌疑人是如何在节目录制过程中弄坏机器的呢？”

回答这个问题之前，请大家再看一下那台机器。

机器被水泼到，短路了。
特别是上面那部分，全是水呢。

咦？离机器很远的地方也溅到了水呢。

是的。**机器上面部分的水很多，说明水是从上方泼下来的，四溅到远处的水迹也同样说明水是从高处被泼下的！**能做到这一点的人，就只有坐在吊舱里的米罗先生。

天哪！大家看那里！

主持人在节目中要一直说话，口渴也是很正常的事。

但节目录制过程中又不能从吊舱上下来，所以你脚边一定会备好水。**实施的时机，恐怕就是爱迪森终于可以挑战千万元大奖那一刻，也就是火柱喷出的时候。**

当时在场的所有人的注意力都被火柱吸引了，爆响声淹没了水泼下来的声音……

现在，终于来到最后一个问题了。最后的问题，就看你的了！

即使被认为是嫌疑人，米罗仍然面不改色地继续主持着节目。

“嫌疑人为什么要阻止爱迪森赢得一千万元奖金？”

米罗一脸认真地盯着米克尔。作为回应，米克尔也正色回答道：

这是最难解的一题了。

我最开始以为，你这样做是因为如果节目组支付给爱迪森一千万元，节目就会由于资金短缺而被迫停播。

但是我面对的是坚定地说“绝对不会干这么卑鄙的事”的猫岛导演，还有与他一起做了二十五年节目的你。你们肯定知道，用这种手段让节目继续办下去并非大家所愿。当然，你本人也不愿意。

等一下！他不是因为不想支付奖金才这么做的吗？我怎么越来越听不明白了！

是的，真相……恰恰相反！

相反？到底怎么回事？

之前米罗先生对我说过这样的话：“当拼命努力的人陷入危机时，大家都会想要为他加油。”

答案就是：采取这个办法，能在吸引观众的同时，救爱迪森于水火之中。

哈哈！好厉害。你全答对了，米克尔。

你在节目录制前听爱迪森讲述了他关于“未来轮椅”的梦想，于是就很想帮助他。但只有一千万元是远远不够的。所以你灵机一动，**决定反其道而行之，不让爱迪森赢走那一千万元，以此吸引观众的注意力，从而为他获取更多人的支持**。这样一来，说不定就能筹集到比一千万元更多的资金了。

一直在旁边观看两人唇枪舌剑的猫岛导演这时开口了。

原来是这样啊！既然如此，那就更应该好好地向电视机前的观众转播了！

哈哈，拜托你了，猫岛导演。

对了，元响，我把机器弄坏了，真是抱歉，我会赔偿的。刚刚我自费从购物网站上下单了一台新的机器。

米罗先生……你是不是知道那台机器很破旧，所以才故意弄坏，好换新的？

你想多了，哈哈哈！

米罗先生的吊舱才更应该更换吧，都用了二十五年了。

哈哈！我很喜欢这个吊舱。**上面装饰的宝石虽然是假的，但做工精细，足以以假乱真了。**

等等！！

你说我准备带走的宝石是假的？！

伊猪猪和鲁猪猪不知道什么时候不见了，害得我在决赛中输了，这回我真是太惨了！

难道……是伊猪猪和鲁猪猪一直在观众席告诉你答案？！

佐罗力为了赢得奖金，前来参加问答节目。伊猪猪和鲁猪猪冒充节目组工作人员混入观众席，向佐罗力提示答案，帮他从预赛中胜出。但决赛时，伊猪猪和鲁猪猪忙着吃盒饭，没有出现在观众席上，导致佐罗力一个问题也答不上来。于是没能拿到奖金的佐罗力打算带走吊舱上的宝石，这就是佐罗力消失的原因。

再说，亚军本来也不该没有奖金呀，太小气了吧！

作弊的人压根没资格谈奖金吧！

案件就这样被解决了。没过多久，录好的节目——《紧急特别节目！与一千万元擦肩而过的人》就播出了，米克尔的推理部分也在其中。节目受到公众的广泛关注，正如米罗所希望的那样，节目创下了前所未有的收视率。

而且，很多人都表示想要资助爱迪森，帮助他实现研发“未来轮椅”的梦想，据说观众的资助金已经超过了一亿元。

猫岛导演悄悄告诉我，米罗也给爱迪森捐了款。

支持追逐梦想的人，却不表露出来，确实像米罗先生的作风。

节目播出之后，收视率很高。米罗继续担任节目主持人，机器也换了新的。

嗯，希望这个节目能一直办下去。

啊，还有……听说佐罗力好像还想挑战其他智力问答比赛。

真不知道那家伙怎么好意思……

未能响起的抢答器！火花四溅的节目现场

著作权合同登记号　图字：01-2024-3939

图书在版编目（CIP）数据

巨型机器人遇害事件 /（日）岐部昌幸著；（日）花小金井正幸绘；王俊天译. -- 北京：北京科学技术出版社，2025. --（怪杰佐罗力与侦探少年）. -- ISBN 978-7-5714-4496-9

Ⅰ. I313.85

中国国家版本馆 CIP 数据核字第 2025Z7587B 号

策划编辑：	韩贞烈　张心然	**电　　话：**	0086-10-66135495（总编室）
责任编辑：	李珊珊		0086-10-66113227（发行部）
责任校对：	王晶晶	**网　　址：**	www.bkydw.cn
图文制作：	天露霖	**印　　刷：**	北京顶佳世纪印刷有限公司
封面设计：	源画设计	**开　　本：**	889 mm × 1194 mm　1/32
责任印制：	吕　越	**字　　数：**	97千字
出 版 人：	曾庆宇	**印　　张：**	4
出版发行：	北京科学技术出版社	**版　　次：**	2025年5月第1版
社　　址：	北京西直门南大街16号	**印　　次：**	2025年5月第1次印刷
邮政编码：	100035		

ISBN 978-7-5714-4496-9

定　　价：45.00元